KB271247

여행자의 서재

여행자의 서재

길에서도 쉬지 않는 책읽기

ⓒ이권우, 2013

초판 1쇄 펴낸날 2013년 10월 4일
초판 2쇄 펴낸날 2014년 7월 15일

지은이 이권우
펴낸이 이건복
펴낸곳 도서출판 동녘

전무 정락윤
주간 곽종구
책임편집 구형민
편집 이정신 최미혜 조유나 현의영
미술 조하늘 고영선
영업 김진규 조현수
관리 서숙희 장하나 김영옥

디자인 디자인포름
인쇄·제본 영신사 **라미네이팅** 북웨어 **종이** 한서지업사

등록 제311-1980-01호 1980년 3월 25일
주소 (413-120) 경기도 파주시 회동길 77-26
전화 영업 031-955-3000 편집 031-955-3005 **전송** 031-955-3009
블로그 www.dongnyok.com **전자우편** editor@dongnyok.com

ISBN 978-89-7297-697-4 03810

여행자의 서재

이권우 지음

길에서도 쉬지 않는 책읽기

동녘

모든 여행은 불온하다!

오래전 한 문학평론가가 평론집을 내면서 《한심한 영혼아》란 제목을 붙인 적이 있습니다. 아주 인상 깊은 서문이 실려서 지금 껏 기억하는데, 이 책을 쓴 제 꼴을 보고 누군가가 "이 한심한 영혼아!" 하고 장탄식을 할 것만 같은 생각이 들었습니다. 글 써서 먹고 사는 방법이야 많은데, 이번에도 남이 쓴 책을 바탕 삼아 제 생각을 풀어내는 일을 하고야 말았습니다. 그런데 더 한심한 노릇 은 이번 책이 빼어난 여행기를 읽고 느낀 소감을 마치 큰 깨달음 을 담은 잠언箴言인 양 늘어놓았다는 점입니다. 가보지도 않고 남 의 글에 기대 아는 체 하는 꼴이라니, 겸연쩍고 부끄럽지 않을 수 없습니다.

스스로 안타깝게 여기다가 번뜻 떠오른 또 한 권의 책 제목이 있었습니다.《집안에 앉아서 세계를 발견한 남자》. 독일의 언론인 귄터 베셀이 제바스티안 뮌스터가 쓴《코스모그라피아》에 얽힌 흥미진진한 이야기를 다룬 책입니다. 문제의 인물 제바스티안 뮌스터는 발품 팔아 세계를 돌아다니기보다는 탐험가들이 기록한 글을 "듣고, 읽고, 쓰고, 기록하고 그리고 분류"해서 "자신의 손으로 전 세계를 묘사"한《코스모그라피아》를 완성했습니다. 탐험가와 독서가는 미지의 세계에 대한 지적 호기심에서 우열을 가릴 수 없습니다. 문을 박차고 나가 그곳에 직접 발을 딛느냐, 아니면 책상머리에 앉아서 노골적인 인용과 은밀한 표절로 세계상을 그려보냐 하는 차이만 있을 뿐입니다. 과장이라 생각하시나요? 탐험, 열정, 각성은 여행과 독서가 공유하는 열쇳말입니다. 책으로 온 세상 떠돌아다닐 만용을 부린 저는, 말하자면 콜럼버스나 마젤란보다는 제바스티안 뮌스터에 가까운 사람인 셈입니다.

다시, 왜 그토록 여행기 읽기에 탐닉했는가 물어봅니다. 다른 무엇보다 지금-이곳을 넘어서고자 하는 열망이 저를 여행기로 이끈 듯합니다. 짐 챙기는 사람이 그러하듯, 책장을 넘기며 저는 중력의 법칙에 묶여 있는 일상에서 벗어나고 싶었습니다. 또 다른 것을 상상하기만큼 설레는 일이 어디 있겠습니까. 그런데 일상에서

들어가는 말

벗어나기가 국경을 넘어서기라면 의미가 좀 더 증폭되게 마련입니다. 기득과 안온을 버리고 다름과 낯섦을 끌어안으려는 의지가 배어 있으니까요. 무릇 월경越境을 도모하는 모든 여행은 불온합니다. 누군가는 드러내놓고, 누군가는 애써 숨긴 그 불온함을 공유하고 싶어 여행기를 읽었습니다.

　변화와 성장도 함께 하고 싶어 여행기를 읽었습니다. 사람이란 얼마나 어리석은 동물인지 정주定住하는 동안에는 깨달음을 얻지 못합니다. 멀리 가서 보아야 비로소 자신의 민낯을 바로 보게 되고, 이를 바탕으로 큰 변화를 겪습니다. 종교인이나 문인들이 여행을 일삼아 떠나는 이유가 여기에 있을 터입니다. 물론, 억지로 깨달음을 얻은 듯한 글을 만나면 집어던졌습니다. 진정성에 뿌리내리지 않은, 공허한 수사修辭로 얼룩진 글은 여행기에서도 구토를 일으킬 뿐입니다. 어떤 한계를 돌파해내는 순간에 떠오른 언어를 낚아챈 글을 읽으며 큰 감동을 받았습니다. 아마도 그 기쁨을 공유하고 싶어 이 책을 쓴 모양입니다.

　이 책을 펴내는 데도 많은 분의 도움을 받았습니다. 글을 연재하도록 기회를 준《경향신문》과 문학수 부국장님께 감사드립니다. 책 출간을 결정해준 동녘출판사의 곽종구 주간에게도 신세 졌습니다. 작은 인연을 잊지 않았습니다. 이 책이 독특한 구조를 띠게 된 데는 편집자 구형민 씨의 공이 큽니다. 편집의 힘을 느꼈습니다. 끝으로 이 책과 인연을 맺을 독자들께 미리 감사의 인사를 드립니다. 가고 나면 비로소 길이 열리듯, 읽고 나면 가야 할 바가 뚜렷해지리라 믿습니다.

2013년 9월
이권우

차
례

들어가는 말 모든 여행은 불온하다! ······ 004

1장 국경을 빠져나오자 여행이 시작됐다

여행할 권리를 찾아라 ······ 015
여행할 권리 · 김연수

왜 여행하는지 질문하라 ······ 024
여행의 기술 · 알랭 드 보통

번역하듯 여행하라 ······ 034
여행의 사고 셋 · 윤여일

느슨하게 산책하라 ······ 044
도쿄 산책자 · 강상중

길에서도 책을 놓지 마라 ······ 054
유럽의 책마을을 가다 · 정진국

미리 알아보고 떠나지 마라 ······ 064
삼국유사 길 위에서 만나다 · 고운기

2장 걷는 길 위에 고독과 행복이 동시에 있다

여행자의 이야기를 경청하라 ······ 077
천천히 걸어, 희망으로 • 쿠르트 파이페

내면의 혁명을 꿈꿔라 ······ 087
제주 올레 여행 • 서명숙

산길을 걸으며 철학자가 되어 보라 ······ 097
나를 부르는 숲 • 빌 브라이슨

누구든 함께 가라 ······ 107
바람이 우리를 데려다주겠지 • 오소희

걸어라, 아주 천천히 ······ 117
비우고 채우는 즐거움, 절집 숲 • 전영우

간절한 마음으로 사막을 건너라 ······ 128
왕오천축국전 • 혜초

3장 사람들 속에서 내 청춘의 길을 찾다

친구를 찾아 떠나라 ⋯⋯ 141
서른 살의 인생 여행 • 대니 월러스

야만과 원시의 땅이라고 무시하지 마라 ⋯⋯ 151
잠들면 안 돼, 거기 뱀이 있어 • 다니엘 에버렛

산을 오르려고 하지 마라 ⋯⋯ 161
이 또한 지나가리라! • 김별아

청춘처럼 뜨겁게 여행하라 ⋯⋯ 171
나의 서양미술 순례 • 서경식

가보지 않은 미지의 세계로 떠나라 ⋯⋯ 180
파타고니아 • 브루스 채트윈

소수민족의 역사를 만나라 ⋯⋯ 190
황하에서 천산까지 • 김호동

4장 장막을 걷어라, 창문을 열어라

정치적으로 여행하라 ······ 203
마추픽추 정상에서 라틴아메리카를 보다 • 손호철

모든 걸 버리고 떠나라 ······ 213
싸구려 모텔에서 미국을 만나다 • 마이클 예이츠

나만의 여행기를 써라 ······ 224
지중해 문화기행 • 이희수

책이나 영화 속 장소를 찾아가라 ······ 233
문명의 배꼽, 그리스 • 박경철

여행으로 세상을 바꿔라 ······ 242
히로시마 노트 • 오에 겐자부로

나 자신을 신뢰하라 ······ 249
행복한 라디오 • 리사 나폴리

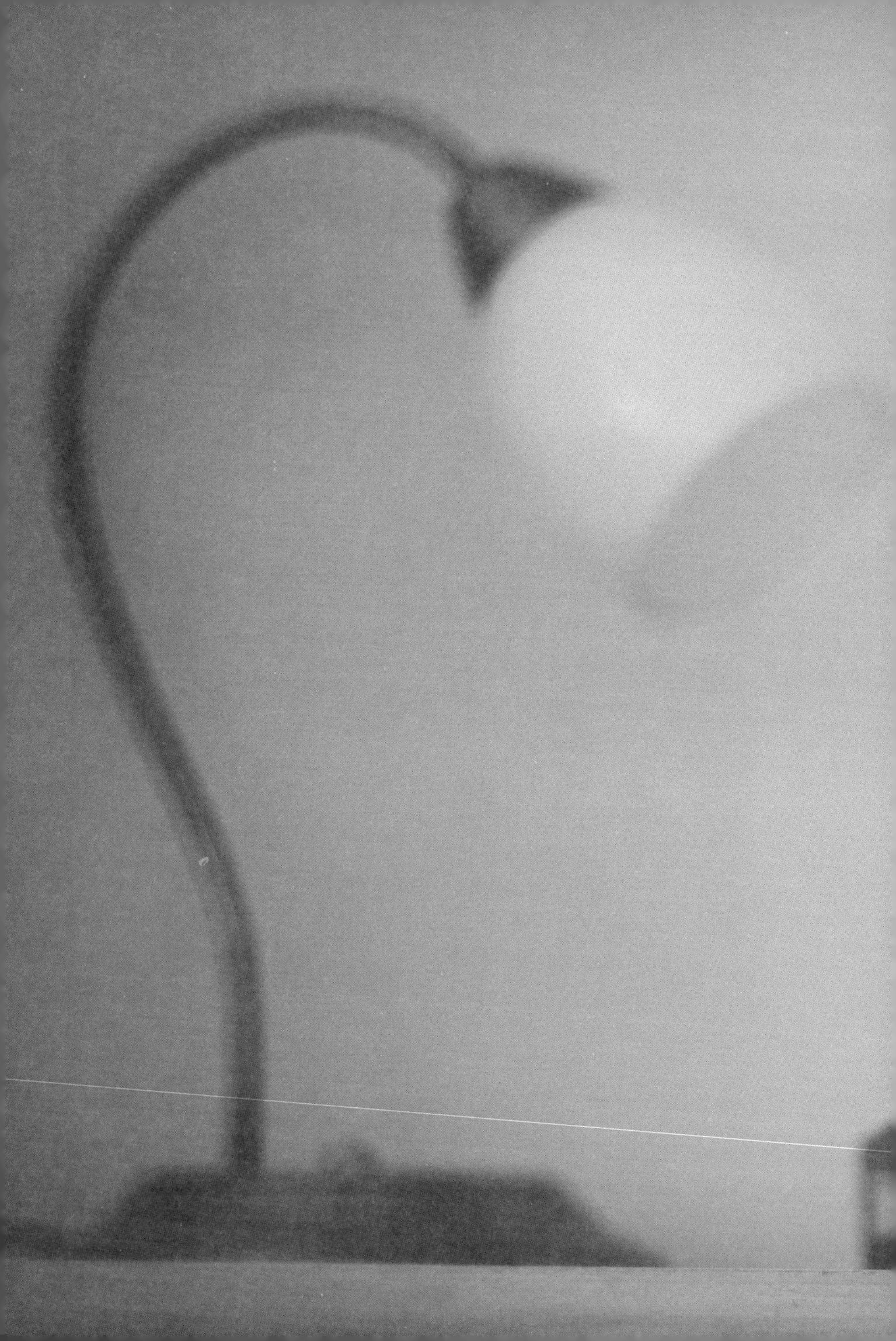

1장

국경을 빠져나오자 여행이 시작됐다

여행할
권리를
찾아라

여행할 권리 • 김연수 지음

첫 구절만 보면 알 수 있다. 그 책이 나를 사로잡고 오랫동안 곱씹어볼 내용으로 그득한지 아닌지를. 김연수의 여행기 《여행할 권리》는 특별히 뽑아낸 것이 분명한 한 문장으로 시작한다. "겨우 이 것뿐인가라고 질문하고 새로운 세계를 찾아 여행할 권리". 이 한 구절로 이 책의 진가는 드러난다. 당연히, 이 여행기의 고갱이는 이 한 문장에 오롯이 담겨 있다. 만약 우리가 지금 이곳에서 보내는 삶에 동의하고 있다면, 박차고 일어나 마치 탈출하듯 여행을 떠날 리 없다. 생각하므로 존재한다는 말은 너무 낡았다. 현실이, 체제가 나의 잠재성과 가능성을 함부로 무시할 때, 이를 거부할 줄 알아야 비로소 존재하는 법이다. 그러니, 여행은 권리가 되어야

국경을 빠져나오자 여행이 시작됐다

경계를 넘어선다는 말처럼
매력 넘치면서 위험한 것이 어디 있던가.
한발만 넘어서면 꿈에도
그린 곳이기는 하나 낯설어 두려운 곳이 펼쳐진다.
그 역설에서 호기심과 탐험심이 발동하는 법이고
여행이 시작된다. 새로운 곳으로 발 딛기는
존재의 전환 가능성을 상징한다.

마땅하다. 살아 있음을 확인하는 것, 더 나은 것을 꿈꾸는 것, 고여 썩지 않고 흐르는 것은 우리의 천부적인 권리이므로.

권리로서 여행이란, 달리 말하면 월경越境하기다. 경계를 넘어선다는 말처럼 매력 넘치면서 위험한 것이 어디 있던가. 한발만 넘어서면 꿈에도 그린 곳이기는 하나 낯설어 두려운 곳이 펼쳐진다. 그 역설에서 호기심과 탐험심이 발동하는 법이고 여행이 시작된다. 새로운 곳으로 발 딛기는 존재의 전환 가능성을 상징한다. 물리지만, 애벌레가 나비 되는 전환의 시점과 긴장감 도는 국경선은 같은 의미다. 그것을 넘어서야 우리는 새로운 세계를 만난다. 그러나 김연수가 보기에 우리는 국경을 제대로 넘어선 경험이 없다. 망국과 식민지, 그리고 분단은 월경을 다른 의미로 바꿔치기 해버렸다. 국경을 넘는 자들에게 우리는 "조국과 민족의 배반자"라 성토했다. 그래서 다들 돌아왔다. 넘어설 수 있는 국경이 없는, 고립무원의 섬에 갇혀 있는 삶을 살아왔을 뿐이다. "우리에겐 국경을 넘어 다른 민족 속으로 들어가, 이윽고 사라지는 유전자가 존재하지" 않았다는 말이다. 여기서 망연자실해질 수밖에. 거친 파도를 바라보며 대양을 가로질러 대륙으로 떠나고 싶은 도전욕을 자극받기보다는 거기가 끝인 줄 알고 말뚝처럼 박혀 한 장의 사진이나 박고 돌아왔으니 말이다. 우리의 근현대사가 비극인 이유가 여기에 있

국경을 빠져나오자 여행이 시작됐다

는지 모른다.

　버클리에서 만난 후사코 할머니는 특이한 이력의 소유자다. 남편의 근무지인 인도로 갔다 네팔을 여행한 적이 있다. 그곳에서 마리화나를 피웠는데, 가라사대 "그리고 내 인생은 완전히 바뀌어 버렸지"란다. 그녀는 분명히 황홀경에 이르렀던 모양이다. 옛적 샤먼들이 신비한 약초의 힘을 빌려 우주와 인간의 내밀한 세계를 엿보았듯 말이다. 기존의 세계는 표면에 불과하다고 느끼게 되자 남편과 헤어져 멕시코로, 캐나다로 떠돌아다녔다. 거기서 베트남전 파병을 피하려고 도망 온 남자를 만났다. 멕시코에 머물 적에 이름도 바꾸었다. 인생이 또 한번 바뀌는 순간이다. 발음은 여전히 같으나 뜻은 달랐다. '房子[후사코]'에서 '風沙子[후사코]'로. 이 눈부신 삶 앞에 무슨 수사가 필요하겠는가. 그저 감탄사만 나올 뿐. 김연수는 말한다.

　　언제부터인가, 아마도 소설가가 되고 나서부터였겠지만, 나는 자기 자신이 아닌 다른 뭔가가 되고 싶어하는 사람들을 절대적으로 좋아하게 됐다. 자기 자신이 아닌 다른 존재가 되고 싶다는 말은 내게 되레 자기 자신이 되고 싶다는 말처럼 들린다. 한번만이라도 그런 존재가 될 수 있다면, 내 인생도 완전히 바뀌어 버릴 것이다. 아아, 나도 후사코 할머니처럼 말할 수 있다면.

《여행할 권리》가 여행의 당의정을 입힌 문학론일 수밖에 없는 이유는 이미 다 말한 셈이다. "'이것이 바로 나의 삶이다'라고 믿어 의심치 않는 인생을 살아가는 사람은 많지 않을 것이다. 왜 글을 쓰느냐면 바로 그 때문"인 법이니까. 여행을 촉발한 동기가 바로 문학이 탄생하는 자리다. 그러니, 문학하는 자는 당연히 월경을 꿈꾸는 자다. 선을 그어놓고 그 안에서 이야기하고 노래하라는 현실법칙을 받아들인다면, 그것은 문학이 아니다. 그 선을 전선戰線으로 바꾸고, 그리하여 국경을 막 넘어서려는 자의 절창이 문학인 법이다. 김수영이 과격하게 말하지 않았던가. 38선을 뚫는 길이라고. 또 김수영이 격렬하게 말하지 않았던가. 모든 문학은 불온하다고.

김연수가 어디에 있든, 그러니까 옌볜에 있든 도쿄를 거닐든 버클리를 돌아다니든 그를 사로잡고 있는 열쇳말은, 월경이다. 문학하는 이의 월경이 어떤 의미인가를 곱씹어 보며 자신의 문학이 놓여 있어야 할 자리를 고민한다. 근대 문인들의 월경을 두고 장황한 말을 늘어놓는 것도 같은 이유다.

먼저, 이광수. 그의 문학에 나타난 지리적 지평은 날로 확대되어

국경을 빠져나오자 여행이 시작됐다

갔다. 처음에는 조선에서 일본 본토로, 나중에는 만주를 거쳐 동아시아와 태평양으로. 김연수의 산문을 읽다보면 비평가 기질이 다분하다는, 그것도 김윤식 풍의 영향을 많이 받았다는 느낌이 든 적이 왕왕 있다. 이광수에 대한 그의 분석도 상당히 날카롭다. 작품의 배경과 일본제국주의의 확장이 일치하고 있다는 것이다. 국제적 감각인 것처럼 보이지만, 실상은 한낱 국내적인 감각이다. 그것도 친일로서 말이다. 그러니 이 월경은, 가짜다.

다음은 이상. 김연수의 이상에 대한 비상한 관심은 이미 출세작《꾿빠이, 이상》에서 확인된 바 있다. 이 책에서도 그는 적은 지면에 나름대로 치밀한 고증을 거쳐 이상이 넘어서고자 한 바가 무엇이었는가를 말한다. 그런데 나는 이 책에서 유일하게 이 대목만큼은 동의하지 않는다. 그는 이상이 "오들오들 떨면서 암흑 속에서 조금 더 앞으로 나아" 갔다고 본다. 그러나 나는 이상이 경계선 앞에서 좌절하고 절망했다고 본다. 그는 나아가지 못하고 주저앉았다. 그는 도쿄에 가면 근대의 원본을 확인할 수 있으리라 확신했다. 서울의 근대는 한낱 모방일 뿐이었다. 그러나 가서 본 것은 그것도 모방일 뿐이라는 사실이다. 그러면 우리는 모방의 모방이 되고, 모방이 모방한 것을 찾아가면, 그것이 모방한 것을 또 찾아야 하는 미로에 갇힐지 모른다는 공포감에 사로잡혔을 터이다. 이상은 정직했다. 넘어서려 했으나 넘어서지 못했다. 그런 측면에서 나는 이상이 자살했다고 보지 않는다. 그는 절망의 자리에서 파열되었던 셈이다.

마지막으로 김사량과 김수영. 김연수가 보기에 이들이야말로 온몸으로, 조금씩, 국경을 밀어낸 작가들이다. 일본어로 작품을 쓰던 김사량이 태항산의 조선의용군을 찾아나선 까닭은 우리말로 작품 활동을 하기 위해서다. 봉쇄선 저쪽에서는 한글로 글을 쓸 수 있다. 그러나 그 글은 아직은 미래의 언어다. 그런데 김사량은 바로 그것을 선취하기 위해 선을 넘어섰다. 김수영이야 새삼스러운 설명이 필요 없다. 그야말로 가장 예민한 월경의식이 있는 작가였으므로.

이쯤에서 우리는 김연수의 문학관에 관심을 기울일 수밖에 없다. 여행할 권리가 월경을 꿈꾸는 문학과 같다는 그의 말에 동의하는 이라면 더 그러리라. 너무 조급해하지 말기를. 금문교를 바라

국경을 빠져나오자 여행이 시작됐다

보며 쓴 단상에서 확인할 수 있으니. 버클리 쪽에서 금문교를 바라보면 감회가 다르단다. "동양인이라면 누구라도 금문교 너머의 태평양과 그 너머의 땅을 상상할 수밖에 없다. 그가 사랑하는 것들은 모두 그 금문교 너머에 있을 테니까." 그러니 금문교에는 수많은 이민자들의 목소리가 새겨져 있을 터다. 김연수가 보기에 문학은 "그런 목소리를 외부로 드러내는 작업이다". 억압된 것들의 귀환을 촉구하는 것이 문학이라는 말이다.

정치적으로 봤을 때, 말할 수 있는 것들은 존재가 그 목소리로 증명된다. 반대로 말하지 못하는 것들, 즉 입술이 없는 것들은 존재하지 않는다고 말할 수도 있다. 그렇게 말하지 못하는 것들을 대신해서 말한다는 점에서 문학은 본디부터 정치적이다.

월경하는 문학은 대신 말해주는 문학과 동의어이다. 샤먼은 인간적 한계를 넘어서 우주여행을 한다. 그는 억울한 이의 말을 대신하는 공수를 내린다. 문학과 여행은 어찌 보면 범인에서 샤먼 되기인지도 모르겠다.

자고로 문학이란 그 어떤 경계에도 갇히지 않은 정신의 소산이다. 그것이 국민문학이든 민족문학이든 근대문학이든 경계를 긋는 것이라면 거부하고 넘어서야 마땅하다. 진정한 여행도 마찬가지다. 그것이 존재의 한계든 국경이든 대기권을 돌파하는 로켓의 폭발력으로 돌파해야 한다. 그때 비로소 우리의 인생은 완전히 바뀌어 버린다. 그랬다. 여행을 꿈꾸었을 때 우리는 늘 긴장했고 불온했고 상상했다. 이제 다시, 김연수의 말에 귀 기울이자. 그것이 우리의 권리라고 귀띔해주고 있으니 말이다.

국경을 빠져나오자 여행이 시작됐다

왜 여행을
하는지
질문하라

여행의 기술 • 알랭 드 보통 지음

철학자 화이트 헤드가 일갈했다. 서양철학사는 플라톤에 대한 각주에 불과하다고. 이 말에 동의하는 이라면, 다음의 말에도 고개를 주억거릴 터다. 무릇 빼어난 여행서 역시 먼저 나온 여행서에 대한 각주에 불과하다. 애써 찾아간 곳에 사는 이들은 그곳에 대해 심드렁하다. 너무 익숙해 그곳에 배어 있는 가치를 모른다. 자고로 그곳에 사는 이가 쓴 여행서는 없는 법이다. 낯선 눈으로, 집요한 눈으로, 황홀한 눈으로 바라본 이만이 여행지의 가치를 찾아낸다. 그러나 여행자는 오래 머물지 못한다. 다시 짐을 꾸려 다른 곳으로 가거나 왔던 곳으로 돌아가야 한다. 그렇게 다녀온 이가 쓴 책이 흠 없을 리 없다. 여행서를 쓰기로 마음먹었다면 다른 이의 여행서에 기꺼이 영향을 받으려 하고, 그 글에 부족하고 잘못된 부분을 메우려 한다.

알랭 드 보통은 여행서를 어떻게 써야 하는지 정확히 알고 있다.《여행의 기술》은 목차가 '출발'에서 시작해 '귀환'으로 끝난다. 모든 여행이 그런 듯이. 그 사이에 '동기' '풍경' '예술'이 있다. 이것만 봐도 무슨 말을 하려는지 짐작할 수 있다. 여행은 유목과 같지만 다르다. 떠나 방황한다는 점에서 유목이지만, 다시 돌아와 현실 문법대로 산다는 점에서 유목과 다르다. 그런데 왜 여행할까. '동기'에 나오는 대로 이국적인 것에 대한 호기심 때문이다. 그것이 없다면 현실의 삶을 일시 중지하고 전혀 다른 삶의 문맥에 자맥질할 리 없다. 그 이국 풍경에서 여행자를 사로잡는 것은 숭고함이다. 압도하는 것에 질식하는 것이 아니라, 그것에서 감동과 희망을 얻는다. 삶은 이토록 역설이다. 다시 돌아가야 하기에 숭고한 것을 소유하려 한다. 가지고 싶으나 가질 수 없는 것을 무엇으로? 쓰거나 그리거나, 로. 예술이 여행에 틈입할 수 있는 지점이 바로 여기다.

알랭 드 보통은 여행서가 앞선 책들과 그곳의 풍광을 그린 그림에 대한 주석서임을 예민하게 알고 있었다. 그래서 가는 곳마다 이미 다녀온 이들의 글과 그림을 참조한다. 그가 호출한 작가들의 면

모는 화려하다. '출발'에서는 J. K. 위스망스, 샤를 보들레르, 에드워드 호퍼를 돛으로 삼는다. '동기'에는 귀스타브 플로베르, 알렉산더 폰 훔볼트를 참고한다. '풍경'에는 윌리엄 워즈워스, 에드먼드 버크, 욥이 등장하고, '예술'에는 빈센트 반 고흐, 존 러스킨이 나온다. '귀환'에서는 사비에르 드 메스트르를 닻으로 삼는다. 여행서 쓰기는 높이뛰기가 아니다. 홀로 몸을 날려 인식의 지평을 훌쩍 넘어서는 영역이 아니라는 말이다. 말하자면 여행서는 장대높이뛰기다. 앞서 다녀온 이들이 남겨놓은 잠언을 장대로 삼아 더 높이 뛰어올라 더 장엄한 것들을 보고, 그것을 기록하는 일이니 말이다.

《여행의 기술》은 여느 여행서와 달리 차례대로 읽어야 한다. 아무 데나 펼쳐 읽으면 지은이의 의도를 놓치게 된다. 다 읽고 나서 특별히 감흥 있던 부분만 따로 순서와 상관없이 읽으면 좋다. 만약, 이 책을 제목대로, 그러니까 '연애의 기술'이라고 할 적에 그 '기술'을 염두에 두고 읽는다면, 실망감이 이만저만 아니리라. 이 책에는 여행에 대한 사유의 결정체들이 가득 담겼다. 남는 것은 결국 사진뿐이라 여기는 이는 읽지 않는 것이 좋다. 여행이 더 깊은 사유를 자극하는 것이라 믿는 이라면 이 책을 읽어야 한다. 이토록 진지하면서도 짓궂고, 깊으면서도 가벼운 것을 공감 가는 글로 쓴

여행은 유목과 같지만 다르다.
떠나 방황한다는 점에서
유목이지만, 다시 돌아와
현실 문법대로 산다는 점에서
유목과 다르다. 그런데 왜 여행할까.

여행서는 드물다. 그러니, 연필을 들고 읽을 것. 글귀에 줄을 긋고, 빈 곳에 자신의 말을 남기고 싶은 욕구가 절로 일어날 터이니.

'출발'에서는 알랭 드 보통의 재치를 엿볼 수 있다. 여행을 나서기 전 마음에 일어나는 갈등을 잘 잡아냈다. 떠나면 행복할 듯싶고, 실제 기쁨을 만끽하기도 한다. "이 시간에는 모처럼 과거와 미래에 대한 긍정적인 사고들이 형성되고, 불안이 완화된다." 그러나 정직해질 필요가 있다. "그 안에서 느끼는 행복은 사실 짧"지 않던가. "10분 이상 지속되는 일이 드물다." 여행을 꿈꾸는 이는 유혹을 받는다. 위스망스의 말대로 "상상력은 실제 경험이라는 천박한 현실보다 훨씬 나은 대체물을 제공할 수 있다"는 말이 귓전에 맴돈다. 이름하여 구심求心에 대한 유혹이라 할 만하다. 그럼에도 우리는 마침내 여행을 떠난다. "그냥 집에 눌러앉아 얇은 종이로 만든 브리티시항공 비행 시간표의 페이지를 천천히 넘기며 상상력의 자극을 받는 것보다 더 나은 여행은 없을지도 모른다"고 느끼면서 말이다. 이름 짓자면 원심遠心에 대한 유혹이 더 힘이 세서 그러하다. 보들레르가 읊지 않았던가. "어디로라도! 어디로라도! 이 세상 바깥이기만 하다면!"

비행기를 타고 구심의 자장을 벗어날 적에, 《장자》에 나오는 물고기 '곤'이 붕새가 되는 장면을 떠올려 보길. 보잘것없는 것에서

여행자의 서재

우러러보는 전혀 다른 존재로 바뀌는 놀라운 변화! 이륙의 쾌감
은 "우리 역시 언젠가는 지금 우리를 짓누르고 있는 많은 억압들
위로 솟구칠 수 있다고 상상"하는 것에서 비롯된다. 그리고는 원
근법의 교훈을 배운다. 아등바등 살아왔건만 구름 위에서 보니 보
잘것없는 것일 뿐. 기쁨과 슬픔, 분노와 허탈이 다 소용없어 보이
는 탈속의 자리에 오른 셈이다. 기차 타고 간다면, 생각의 산파와
동행하는 여행이다. "때때로 큰 생각은 큰 광경을 요구하고, 새로
운 생각은 새로운 장소를 요구한다. 다른 경우라면 멈칫거리기 일
쑤인 내적인 사유도 흘러가는 풍경의 도움을 얻으면 술술 진행되
어" 나가는 법이다. 아무래도 배나 비행기는 단조로운 풍경을 안
겨준다. 고여 있다. 기차는 여행자에게 풍요로운 볼거리를 준다. 흘
러가면서 보여주는 것들이 변화무쌍하다. 창밖으로 풍경을 보다,
거기에 비친 자신을 보며 삼매경에 빠진다. 알랭 드 보통은 이 점
을 잘 알고 있다. 그래서 "정신이 어려운 관념에 부딪혀 텅 비어버
릴 때마다 의식의 흐름은 창밖의 대상에 고정되어 몇 초 동안 그
것을 따라간다. 그러다 보면 또 새로운 생각의 똬리가 형성되어 아
무런 어려움 없이 술술 풀려나가곤 한다"고 말한다.

　'동기'에는 여행을 떠나는 이들이 공통으로 품음직한 이야기가
수두룩하다. 만약 이국적인 것에 대한 호기심이 없다면, 복잡한

절차를 거쳐 먼 여행을 나서지 않으리라. 먼저, 다른 것을 꿈꿀 터이다. 내가 있는 곳에 없는 것이 거기에 가면 있어 우리는 달려간다. 알랭 드 보통이 적절히 지적했듯, 말들이 뛰어놀 만한 곳에 낙타가 느릿느릿 걷는 장면을 보러 우리는 국경을 넘어선다. 두 번째는 비로소 나와 맞는 것을 발견할 가능성을 염두에 둔다. 전통과 관습이 옭아매고 있다고 느낀다면, 다른 곳으로 달아나 숨통이 트이길 바란다. 플로베르만큼 이국적인 것에 열망이 강한 이가 있었을까 싶다. 프랑스와 그 사람들에 대한 혐오가 얼마나 지독했던지 사춘기 이후로 자신은 프랑스인이 아니라고 주장했다. 태어난 곳에 충성을 바칠 이유가 어디 있겠는가, 회의하곤 했다. 여행은 새로운 국적을 얻는 행위다.

'풍경'에서는 숭고미를 누릴 수 있다. 경탄할 수밖에 없는 대자연 앞에서 우리는 숭고함을 느낀다. 알랭 드 보통은 시나이 사막에서 체험했다, 자연이 "종교와 시를 잉태"하는 순간을. 자연이 주는 숭고는 심오하다. 그것은 매우 크고, 매우 오래되고, 매우 강렬한 것이 연약하고 보잘것없는 인간과 충돌해 빚어낸 그 무엇이다. 도저히 도전할 만한 대상이 아니라는 숭배감이 들 적에 숭고미가 퍼져나온다. 일상의 경험과는 사뭇 다르다. 나보다 강한 것은 원망과 미움의 대상이다. 그런데 압도적인 자연은 우리에게 경외감과 존경심을 불러일으킨다. 도대체 무엇이 이런 감정을 불러올까. 알랭 드 보통은 말한다.

> 숭고한 장소는 일상생활이 보통 가혹하게 가르치는 교훈을 웅장한 용어로 되풀이한다. 우주는 우리보다 강하다는 것, 우리는 연약하고, 한시적이고, 우리 의지의 한계를 받아들일 수밖에 없다는 것, 우리 자신보다 더 큰 필연성에 고개를 숙일 수밖에 없다는 것. (…) 우리는 그런 장소에서 우리를 초월한 것에 짓눌리는 것이 아니라 그것으로부터 영감을 받고, 그러한 장대한 필연성에 복종하는 특권을 누리고 돌아올 수 있다.

'예술'은 더 잘 보고 더 오래 기억하기 위해 우리가 해야 할 바가 무엇인지 말한다. 여행하며 불현듯 아름다움을 느낀 이들은 안다. 그 아름다움은 여행 안내책에 나와 있지 않다는 것을, 같이 간 그 누구도 발견하지 못한 장면이란 것을. 그러니 안달이 날 수밖에.

국경을 빠져나오자 여행이 시작됐다

지금 붙잡아두지 않으면 결국 잊고 말 "그것을 붙들고, 소유하고, 삶 속에서 거기에 무게를 부여하고" 싶어서. 방법이 있을까? "재능이 있느냐 없느냐에 관계없이, 그것에 대하여 쓰거나 그것을 그림으로써 예술을 통하여 아름다운 장소들을 묘사하는 것"이라 귀띔해준다. 찍어온 사진만으로 성에 차지 않았던 이들이라면, 귀담아 들어야 할 듯. 많은 사람이 왜 블로그에 여행기를 쓰는지 이해하지 못했다면, 이제 너그러워지길.

이제는 돌아와야 한다. 여행은 떠남과 돌아옴의 진자운동이다. 그래야 두 가지 의미의 신화가 이루어진다. 여행은 일상에서 비일상으로 도약하는 것이다. 그것은 신화神話의 세계다. 그 세계에서 새로워지고 치유받고 힘을 얻는다. 그래서 여행은 늘 신화新話를 낳는 법이다. 돌아온 이들을 떠올려 보라. 얼마나 신나게 떠벌리는가를. "왔노라, 보았노라, 의미가 있었노라" 외치지 않던가. 그 진자운동이 어느 날 멈춘다면, 그것은 여행이 아니라 유목이나 정주가 된다. 그러면 신화神話/新話의 세계는 무너진다. 삶의 주춧돌이 허물어지는 셈이다. 알랭 드 보통은 '귀환'에서 여행에서 돌아온 이가 할 일이 무엇인지 말한다. 우리 삶의 주변이 따분하다는 편견을 버리고, 거기에 담긴 가치가 무엇인지 곱씹어 보란다. "먼 땅으로 떠나기 전에 우리가 이미 본 것에 다시 주목해보라"고 넌지시 옆구리를 찌른다.

공항에 가면 여행하는 이들이 무리지어 있는 장면을 본다. 그럴 때마다 엉뚱한 생각이 떠오른다. 저들 가운데 왜 여행을 하는지 스스로 질문하는 이들이 몇이나 될까, 라고. 반론이 있을 수 있다. 비우려고 가는데, 그런 무거운 질문을 할 필요가 있냐고. 장담하건대, 그런 이는 외려 더 큰 마음의 짐을 지고 올 터이다. 어디 가서, 무엇을 보고 마실 것인지보다 왜 떠나야 하는지 고민하는 이가 돌아올 때 달라져 있을 가능성이 크다. 그이가 던진 질문이 답으로 가는 길을 열어보여 줄 터이니 말이다. 여행에도 분명히 기술이 있다. 더 싸게 더 많이 더 즐겁게 하는 기술이 아니라, 그런 것과 다른 것일지도 모른다는 생각 그 자체가 여행의 진정한 기술이다.

국경을 빠져나오자 여행이 시작됐다

번역하듯 여행하라

여행의 사고 셋 • 윤여일 지음

지식인은 왜 여행을 떠날까? 지성사에서 여행이 한 사람의 학문 세계에 결정적 전환이 되었던 사례는 수두룩하다. 괴테의 이탈리아 기행이나 다윈의 비글호 항해, 그리고 레비스트로스의 브라질 열대지역 여행을 떠올리면 된다. 얼핏 보면 이해되지 않는다. 공부한다는 것은 정주의 행위일 가능성이 크다. 깊이 뿌리내리고 한세월 지켜보아야 학문 성과라는 열매를 맺을 법하다. 그런데 안 그렇다는 사실을 보여주는 대표 사례가 그들이 쓴 여행기다. 절망 속에 방황하거나 낯선 문명세계에 뛰어들어야 비로소 큰 깨달음을 얻는 일이 벌어진다. 어쩌면 고여 있다, 흘러 다니다, 다시 고여야 무언가를 얻을 수 있는 게 공부인 모양이다.

여행자의 서재

윤여일의《여행의 사고 셋》을 펼쳐본 이유는, 지식인이 여행 다니는 이유를 재차 확인하고 싶어서였다. 한꺼번에 기행서를 세 권이나 펴냈는데, 관심사가 뚜렷이 정해진 마당이라 세 번째 책인 '사상의 흔적을 좇다—중국·일본'만 보았다. 지은이는 이른바 동아시아학을 공부한다. 자신의 지적 화두를 내걸고 떠난 여행기를 봐야 궁금증이 풀어지리라 여겼다.

서둘러 답을 말하자면, 지식인에게 여행은 번역이구나 하는 새로운 사실을 알게 되었다. 여행기 곳곳에서 번역이라는 말을 많이 하는데, 문맥마다 서로 다른 뜻으로 쓰고 있으나, 결국 지적인 여행을 한마디로 정의해준다 싶었다.

행간이 많고 품이 넓은 원작을 번역할 때 좋은 문구로 만들어내지 못하는 까닭은 외국어 능력이 부족해서만은 아니다. 오히려 번역자가 모어母語의 풍부한 가능성을 충분히 체득하지 못한 까닭에 문장을 성숙하게 형상화할 수 없는 경우가 많다.

괴테는 "외국어를 모르는 사람은 자신의 언어에 대해서도 알지 못한다"라고 말했다. 비슷한 의미에서 외부의 맥락과 부딪히는 와중에 내가 모어 사회의 상황을 충분히 이해하지 못하고 있음을 자각하는 경우가 종종 생긴다. 그러면 상대의 사회와 비교할 수 있는

국경을 빠져나오자 여행이 시작됐다

것처럼 모어 사회의 상황을 내가 대변하듯이 말해도 되는지, 자신의 모어 문화를 어떻게 이해하고 어떻게 그 속으로 진입할 수 있는지가 물음으로 부상한다. 이때 상대의 사회와 모어 사회 사이에서 외관의 유사함에 의지하기를 거부하면서도 접점을 발견하려면 또다른 번역 능력이 필요하다.

다른 말로 쓴 작품을 우리말로 옮기는 과정에서 느낀 바를 설명한 대목이지만, 여행이라는 관점에서 재해석하면 이보다 좋은 여행론이 없을 듯싶다. 안에 있을 적에는 잘 알고 있다 싶으나 바깥에 나가야 비로소 깊이 알지 못했다고 깨닫는 법이다. 더욱이 가서 본 충격을 소화해내고 이를 설명하는 과정은 복잡하다. 대체로 여행을 하면 비교해 서술하기 마련인데, 그럴 때 과연 여행지의 독자성을 잘 이해했는지 의문이 드는데다 비교하는 자신의 문화에 정통한가 하는 의문이 들기 마련이다. 번역자가 느낄 두려움과 망설임을 여행자도 느끼는 법이다.

그래서 "원작의 생명력을 보존하려면 번역자는 그 원작을 낳은 토양을 지반째 옮겨야 하지만, 결국 번역에서 가필하거나 새로 쓰는 일은 허용되지 않는다. 번역은 원문이 지니는 가능성의 폭 안에서 그 생명력을 되살려내는 금욕적 실천이다"라는 말을 귀담아

듣게 된다. 여행을 하면 우리는 늘 새로운 것을 보고 느끼고 겪고 깨닫게 된다. 그러나 그 무엇인가를 언어로 옮기는 일은 상당히 지난하고 위험하다. 자칫 여행기가 감상의 범람으로 넘치고 마는 일이 벌어진다. 진짜 여행기는 '금욕'의 수사학이어야만 한다. 함부로 말하지 않되, 그곳의 활력을 전하는 글은 쓰기 어렵다. 더욱이 해석하는 대목에서 오류를 범해서는 안 된다. 번역만큼 어려운 것이 여행기 쓰기란 말이다.

이런 성찰이 있었기에 지은이는 여행기를 어떻게 써야 하는지 집요하게 고민한다. 책 제목이 왜 《여행의 사고》인지 알 수 있다. 지은이는 여행기를 한 잡지에 연재하기로 하면서 "타지의 사건과 맥락을 독자들에게 전달하고, 아울러 내 체험에서 독자들과 공유할 만한 요소를 끄집어낸다는 '이중의 번역'에 도전"하겠노라 다짐한다. 옳거니! 내가 제대로 읽었구나, 하며 무릎을 쳤다. 거듭 말하거니와, 여행은 번역인 셈이다. 지은이가 정리해놓은 여행기의

여행하지 않는 사람들에게
이 세상은 한 페이지만 읽은 책과 같다.
-아우구스티누스

국경을 빠져나오자 여행이 시작됐다

진짜 여행기는 '금욕'의 수사학이어야만 한다.
함부로 말하지 않되,
그곳의 활력을 전하는 글은 쓰기 어렵다.
더욱이 해석하는 대목에서 오류를 범해서는 안 된다.
번역만큼 어려운 것이 여행기 쓰기란 말이다.

과제를 볼라치면 이렇다.

첫째는 어떻게 체험을 표현할 것인가를 고민했단다. 여행기가 빠지기 쉬운 감상의 나열에서 벗어나 구체적인 사유의 실마리가 된 경험의 공유에 신경 써야 한다는 말이다. 두 번째는 보편주의와 문화상대주의 사이에서 사고를 벼려내야 한단다. 경험의 고유성을 살리면서도 타문화와 맺는 의미 있는 접촉도 놓치지 말아야 한다는 뜻이다. 세 번째는 타자성에 대한 물음이다. "타자는 쉽사리 만날 수 없다는 태도로써만 만날 수 있다"라는 깨달음을 담아야 한다는 뜻이다.

이 여행기는 지은이가 사표로 삼는 지식인과 깊은 관련을 맺고 있다. 그는 일본의 다케우치 요시미와 중국의 쑨거를 연구한다. 흥미로운 사실은 두 지식인이 루쉰 연구가라는 점이다. 그러니까 지은이는 루쉰이라는 은하계에서 지적 우주여행을 하는 셈이다. 그러다 보니 이 책의 고갱이는 아무래도 다케우치의 삶과 사상을 좇는 〈한 사상가의 흔적을 찾아가는 길, 도쿄〉와 쑨거와 맺은 인연을 담담하게 말하는 〈베이징, 번역에서 여행을 사고하다〉이다.

다케우치는 1910년생으로 도쿄제국대학 문학부 지나 문학과를 졸업했다. 1937년부터 2년간 베이징에서 유학했으며, 1943년 육군에 소집되어 중국에서 패전을 맞이했다. 1964년부터 1973년

국경을 빠져나오자 여행이 시작됐다

까지 '중국의 모임'을 조직했고, 1977년《루쉰 문집》번역에 매달리다 죽었다. 이력에서 알 수 있다시피 다케우치는 일본의 내로라하는 중국 및 루쉰 전문가다. 지은이는 바로 이 지식인에게서 여행의 의미와 가치를 찾아낸다. 다케우치가 스물두 살에 중국을 여행하고 와서 "베이징이라는 도시의 자연에도 감탄한 바가 있지만, 그것만이 아니라 거기서 사는 사람들이 저 자신과 몹시 가깝다는 느낌이 들었습니다. 저처럼 생각하는 사람이 있다는 사실에 감동했던 것입니다. 당시 우리는 대학의 지나 문학과에 적을 두고 있어도 곤란했던 것이, 중국 대륙에 우리와 같은 인간이 실제로 살고 있다는 이미지는 당최 떠오르지 않았죠"라고 소감을 털어놓았단다. 여행을 통해 비로소 중국의 실체를 만났다는 말이다. 그 충격은 당연히 어떻게 중국을 이해하고 연구해야 하나로 확산했다.

다케우치는 나중에 베이징으로 2년간 유학을 갔다. 그러나 베이징에는 중국 지식인들이 없었다. 일본이 점령해버렸기 때문이다. 지은이가 다케우치의 유학생활을 "타국에서 무언가 새로운 지식을 익히는 기간이었다기보다 자신의 깊은 고독을 응시하고 거기서 자신이 살아가야할 바를 좀 더 뚜렷한 형태로 길어 올렸던 시간"이라 평가하는 이유다. 베이징 유학에서 돌아온 다음 다케우치는 이른바 지나학과 일대 대결에 나선다. 여기서 지나학은 "중국인들의 정신세계를 '지식'으로 바꿔놓고 중국을 '과학'의 대상으로 삼는" 학문 풍토를 일컫는다. 결국 다케우치도 여행과 유학을 통해 학문의 대전환점을 맞이했다. 그래서 지은이는 말한다.

나는 주목한다. 그는 베이징을 여행하고 나서 그 체험을 중국연구의 밑거름으로 삼았다. 베이징에서 그는 실제로 살아가는 사람들, 자신과 닮은 사람들을 만났다. 혹은 실제로 살아가는, 자신의 고뇌를 나눌 수 있는 사람들을 만나고자 했다. 그의 모습은 지역연구자인 내게 연구와 아울러 여행의 의미마저 다시 생각하도록 이끈다.

무릇 지식인에게 여행이란 추상에서 구체로 옮겨가는 과정이다. 왜 안 그렇겠는가. 지식이란 어차피 회색을 띤 이론일 수밖에 없다. 거기에 푸른 생명의 나무는 없다. 그러니, 박차고 나가 생명의 나무를 찾으려 할 수밖에. 물론 구체성으로서 여행은 다시 추상으로서 여행기가 될 수밖에 없다. 그런데 이 두 범주의 충돌에서 우리는 특수성이라는 빛나는 대목을 만나게 된다. 여행기가 결국 문학의 한 갈래가 될 수밖에 없는 이유이기도 하다. 줄곧 번역과 여행의 유사성을 말하던 지은이는 쑨거를 만나 돌아오면서 그

두 가지와 학문하기에 필요한 정신이 일치함을 토로하는 바. "선생의 사유를 어떻게 나의 사회 속으로 번역할 수 있을까. 그 물음에 답할 수 있을 때까지 이 한 사람을 향한 나의 여행은 끝나지 않는다"라고 한다.

이 지점에서 지식인이 왜 여행 하는지 알고 싶었던 호기심이 충족된다. 결국 지식인에게는 여행 자체가 이미 학문인 셈이다. 세상 무엇이 공부 아닌 것 있겠는가마는, 여행이 곧 공부라는 깨달음은 울림이 크다. 내 것으로 나와 다른 것을 만나지만, 다른 것 때문에 내 것의 내용이 변화하고, 이를 바탕으로 다른 것을 이해할 수 있게 되기 때문이다. 지은이는 왜 여행이 곧 공부인지 다음처럼 명토 박는다.

자기 체험을 소재로 삼아 거기서 생각의 자원을 건져내는 장이라는 의미에서 학문과 여행은 공동의 토대를 지닌다. 체험에 육박하지 못하고 감정으로 고양되지 못하는 학문과 여행은 생명력을 갖지 못한다. 대신 날것의 체험과 감정이라면 다른 이들과 공유할 수 없다. 그리하여 자칫 지식과 개념에 걸러질 수 있는 개체의 체험과 감정을 소중히 다루되, 사변적 언어로 그 체험과 감정을 정제하지 않고 개체가 지닌 개성을 훼손하지도 않으면서 다른 이들과 공유할 수 있는 표현을 일궈내야 한다. 바로 이 여행이 내게 안기는 사고의 실험이자 여행이 공부로서의 의미를 갖는 이유다.

역시 독자성의 세계는 상반된 가치가 공존하는 데서 비롯하는 긴장 관계에 깃들어 있는 모양이다. 날것과 익은 것의 공존, 개인적인 것과 소통 가능한 것의 공존을 익히려면 여행하고 그 기록을 글로 남기는 훈련을 해야겠다.

국경을 빠져나오자 여행이 시작됐다

느슨하게
산책하라

도쿄 산책자 • 강상중 지음

내 주변을 볼라치면 도시의 익명성을 즐기는 이들이 제법 된다. 태생이 도회지인데다 도시로 상징되는 문화를 만끽하며 살아온 덕에 그러한 이들도 있지만, 타고나길 촌놈이건만 도시성에 흠뻑 빠진 녀석들도 있다. 나야 무지렁이같이 살아온지라 도시하고는 도통 맞지 않는다. 여행 가면 시골이나 산으로 가지 도시로 가는 법은 없다. 나에게 도시는 벗어나야 할 곳이다.

그런데 이즈음 유행 가운데 하나가 도시 여행인 듯싶다. 지금 살고 있는 곳의 역사와 자연을 되짚어보는 이들이 늘고 있다. 하긴, 우리네 대도시들만 해도 역사의 지층이 두터운 편이니 확인하거나 새로 알게 되는 것들이 수두룩할 터이다. 더욱이 도시 여행은

여행자의 서재

번잡하지 않다는 장점도 있다. 비자를 신청할 필요도, 교통수단을 예약하는 수고도 필요 없다. 그냥 짬만 내서 걸으면 된다.

강상중의 《도쿄 산책자》에 나온 사진을 보며 도시 여행의 미덕을 다시 확인했다. 넥타이를 매지는 않았지만, 양복 차림에 구두를 신은 사진이 많았다. 그런 법이다. 시내를 돌아다니는데, 등산복 입고 운동화로 갈아 신는 번잡을 부릴 이유가 없다. 그냥 가면 된다. 되돌아보면, 이상이나 박태원이 경성을 걸어다녔을 적에도 이렇지 않을까 싶다. 식민 지배를 받는 고통의 한편에 근대성의 상징들이 자리 잡고, 이것들의 정체를 골몰하는 우울한 지식인들이 경성을 걸었다. 그것은 사유를 위한 여행이었다. 남아 있는 것, 사라지는 것, 지켜야 할 것, 새로운 것에 대한 단상이 끊이지 않았으리라. 거칠게 말하면, 시골이 단층이라면 도시는 복층이다. 도시를 여행하는 이의 사유가 중층일 수밖에 없는 이유다. 《도쿄 산책자》의 부제가 '강상중의 도시 인문 에세이'라 붙은 까닭을 이해할만했다.

이런저런 일로 도쿄에 몇 차례 가본 적이 있다. 혼자 일을 치르거나 여행 삼아 가보지는 않았다. 일하러 가긴 했으되, 여럿이 어울렸던지라 두루 돌아다닐 수는 있었다. 가장 인상 깊었던 것은 도쿄 역 앞 풍경이었다. 아마도 근대 지식인들이 배를 타고 일본에 오면 긴 기차 여행을 하고 도쿄에 도착했으리라. 여행에 따른 피곤, 새로운 삶에 대한 기대, 낯선 곳에 대한 두려움 따위로 복잡해진 심정으로 첫발을 내디뎠을 터다. 도쿄 역 앞 빌딩군을 바라보며 나는 식민지 지식인들이 근대라는 것 자체의 압박 때문에 이곳에 오지 않았을까 미루어 짐작했다. 식민지에 들어온 왜곡된 근대가 아니라, 도쿄에 만개한 근대의 원본에 대한 강한 갈망 말이다. 그런데 지하도에 들어가니, 그들은 도쿄에 도착하자마자 절망에 빠졌겠구나 하는 생각이 들었다. 지하도에는 도쿄 역 앞의 옛 풍경을 담은 사진을 전시하고 있었다. 어쭙잖은 일본어 실력으로 띄엄띄엄 읽어보니, 그 지역은 뉴욕을 본떠 건물을 세웠던 지역이고, 전란 중에 파괴돼 재개발되었다는 내용이었다. 지상으로 올라와 두루 살펴보니 옛 건물들의 형태를 복원해놓은 것들이 보였다. 그야말로 포스트모던하구나 싶었다. 옛것과 새것이 공존하는, 약간의 기이한 모습이어서였다. 어찌하였든 식민지 지식인들은 도쿄역에 내리자마자 원본을 보지 못했다. 근대의 복제본을 보았을 뿐이다. '그럼, 다시 뉴욕으로 가야하나?'라고 느꼈을 그 끝없는 절망감이 확, 밀려들었던 기억이 생생하다.

도쿄를 걷는 강상중도 예의 세련된 '도시남'이다. 이질적인 것들이 섞이고 그래서 새로운 것을 생산하는 역동성이야말로 도시의 한 상징이지 않던가. 그는 도시의 매력에 대해 이렇게 말한다.

결국 이 모두가 자신감을 갖고 싶다는 심리의 표현입니다. 뒤집어 말하면, 모두가 불안감을 안고 있다는 뜻이겠지요. 하지만 바로 그 불안 안에 새로운 가능성이 있다고 생각해주었으면 합니다. 다시 말해 인간은 누구나 다양한 가능성을 숨기고 있는 '보물'이라는 것입니다. 그러므로 자신감이 없음을 부정하지 않아도 됩니다. 그것은 그것대로 받아들이면 되는 것입니다.

그것을 가능하게 해주는 장소가 바로 '도시'가 아닐까요.

사람은 모르는 타자와 교류함으로써 자신의 새로운 정체를 깨닫게 되는 법입니다. 그때 자신 안에서 자신이 몹시 싫어하는 타자를 발견하게 될 수도 있습니다. 하지만 그것을 받아들임으로써 타자는 무척 가까운 존재가 되는 것입니다.

도시란 바로 그런 타자를 만나는 장소입니다. "도시는 인간을 자유롭게 한다"는 말이 있는데, 그것은 이러저러한 배경이나 과거를 짊어진 사람을 받아들이면서 도시가 구축되어 왔기 때문입니다.

도쿄는 넓다. 그곳을 한 권의 책에 담기란 버거울 수밖에 없다. 그래서 한곳을 가보고 쓴 글은 짧다. 이 책의 특징이라면 제한과 한정 속에서 빚어진 강상중 특유의 수사修辭다. 도시 여행기를 밑줄 치며 읽는 경험은 그리 흔하지 않을 법하다. 평소 즐겨 찾던 곳

국경을 빠져나오자 여행이 시작됐다

이나, 편집자의 요구로 가본 것, 추억이 어린 곳 등 스물아홉 군데를 다녀온 기록을 여섯 개의 장으로 나누어 실었다. 그런데 나는 이 책을 읽으며 세 가지 열쇳말이 떠올랐다. 도심에 깃든 성聖의 공간과 그 대척점에 놓여 있다고 할 글로벌한 장소, 그리고 두 공간을 잇는 아날로그적 감성이 스민 곳이라는.

도시의 상징인 마천루를 보노라면, 욕망의 발기라는 느낌이 들게 마련이다. 도무지 사그라질줄 모르는 욕망이 하늘에라도 닿을 듯한 기세다. 이 아찔한 수직의 폭력성을 완화해주는 수평의 공간이 도시에 숨어 있다. 이 책의 1장이 〈비일상적인 공간을 찾아서〉이고 메이지신궁이 맨앞에 나온 것은 상당히 의미 있다. "무기질인 빌딩이 즐비하고 거리도 사는 사람도 획일화되고 심신이 바짝 말라"가는 상황에서 사람들은 "다들 어딘가에서 마음의 따뜻함, 마음의 성역"을 찾게 마련이다. 그런데 강상중의 예민함은 속俗의 세계와 다른 성의 공간을 미술관, 호텔, 연극무대에서 찾아낸다는 데 있다. 일상을 지배하는 질서의 세계가 일시나마 영향력을 잃은 곳은 모두 성이 재현된다고 보는 듯싶다. '그가 엘리아데를 알고 있을까?' 하는 생각이 일순 들었다.

강상중은 현대사회에서는 미술이 종교를 대신한다고 본다. "예술이 교환 불가능한 것, 유일무이한 것"이어서 그렇다. 호텔은 일

도시의 상징인 마천루를 보노라면,
욕망의 발기라는 느낌이 들게 마련이다.
도무지 사그라질줄 모르는 욕망이 하늘에라도 닿을 듯한 기세다.
이 아찔한 수직의 폭력성을 완화해주는
수평의 공간이 도시에 숨어 있다.

상과 차별화를 이루어 비일상성을 연출하려 공을 들이기 때문에, 연극은 "그 장소에서 단 한번뿐인 것, 반복도 재생도 할 수 없는 것"이 펼쳐지며 배우를 통해서만 역할의 실체가 표현되는 모순에서 성의 요소를 찾아낸다. 메이지신궁과 가장 유사한 것은 아사쿠사 신사에서 벌어진 축제 현장이다. 강상중은 이 축제를 일종의 사회적 사정射精이라 본다. 일상이 주는 삶에 대한 압박과 긴장에서 벗어나 즐기는 '광란의 대향연'의 가치를 잘 이해하고 있는 셈이다. 그는 말한다.

아마 살아가야만 한다면 일찌감치 파탄나고 말겠지요. 우리에게는 다른 사람의 죽음을 지켜보는 과정이 필요하듯이 마쓰리祭에 의한 연소도 필요합니다. 생활 속에 삶과 죽음의 리듬이 있기에 우리는 일상을 되풀이해 나갈 수 있는 것입니다.

내가 일본에 처음 갔을 때 놀란 것은 서울과 도쿄의 유사성이다. 특히 경인선 전철은 도쿄 전철을 빼다 박아놓았다는 느낌이 들었다. 역시 근대성은 이식되는구나, 하는 탄식과 함께 말이다. 유럽의 도시와 달리 서울이나 도쿄는 뉴욕을 도시의 이상향으로 여기고 있는 모양이다. 사람이 살아가는 데 왜 저리 높은 건물이 필요한 것일까? 강상중은 롯폰기힐스에서 이렇게 말한다.

구약성서에 나오는 바벨탑처럼 자신의 힘을 과시하기 위해서라는 이유도 있겠지요. 기술력이나 재력을 보여주는 데는 고층 빌딩이 안성맞춤입니다. 빌딩에 사는 사람들도 빌딩이 높을수록 경치도 좋고 풍요로움을 실감할 수 있습니다. 우월감이라고까지는 못하더라도 권력이나 돈을 공간적으로 시각화할 수는 있습니다.

다시 말해, 인간의 욕망이나 상승지향이 수직적인 형태로 나타난 것, 그것이 고층 빌딩이라는 것입니다.

지난 시대를 수놓은 낱말은 자유와 상대주의, 소비와 욕망이었다. 한쪽에는 글로벌이라는 깃발을 세우고, 다른 한쪽에는 포스트모던이란 애드벌룬을 떠어 놓았다. 풍족하고 넘쳐난다고 했고, 신나고 즐겁다 했다. 그런데 그 종국은 무엇인가? 무한한 소비라

국경을 빠져나오자 여행이 시작됐다

는 비아그라를 먹은지라 결코 조루증을 보일 리 없다는 발기된 욕망이 꺾어질 날이 오고 있다. 강상중의 지적대로 고양이가 애완의 대표가 된 것은 우리가 어느덧 수축의 시대에 들어섰기 때문이다. 달라붙지도 않고, 손이 많이 가지도 않고, 걸근거리지 않는 것이 팽창의 시대를 상징한 개와 사뭇 다르지 않느냐고 말한다. 서울이나 도쿄의 바벨탑이 무너질리야 없지만, 언제가 그 건물들은 미망의 시대를 알리는 기념비로 전락할 가능성이 클 듯싶다.

도쿄에서 아날로그를 상징하는 거리로 '진보초 고서점가'만한 데가 어디 있겠는가. "시대에 알랑거리지 않"은 앎의 거대한 뿌리로 고서점가는 버텨왔다. 이 거리를 가본 이들은 기억하리라. 그리 크지 않지만 오래된 책으로 단단히 무장한 서점들이 풍기는 아우라를 말이다. 그것은 삶을 바꾸는 책의 힘에 대한 깊은 믿음과, 세상이 바뀌더라도 그 책을 찾을 사람들이 있으리라는 낙관적 기대가 빚어낸 감탄스러운 분위기다. 아날로그는 추억과 친족관계이다. 진구구장, 산겐자야 주오극장은 강상중의 어린 시절 기억이 고스란히 배인 곳이었다.

도시와 산책이라는 말은 어울리지 않는다. 서둘러 걷거나 뛰어야 하는 곳이 도시다. 그런데 강상중은 이런 통념에 제동을 걸었다. 천천히 걸으며 둘러보고 살펴보고 사유했다. 《도쿄 산책자》

가 가볍지만 통찰력 있는 문명 에세이로 읽을 수 있는 이유이기도 하다. 일본에 갈 일 있으면 이 책을 들고 가볼만하겠다. 보지만 말고 강상중에 기대어 깊은 생각을 할 수 있으니까 말이다. 지금 자리에서 박차고 일어나 도시를 어슬렁거려 보는 것도 좋을 성싶다. 도시 어디에나 속과 구별된 성의 공간이 있게 마련이며, 아날로그의 감수성을 자극하는 곳이 있는 법이니까. 기왕이면 이문재 시집 《산책시편》을 꺼내들고 도시를 걷는다면 더 좋으리라. 시인은 이렇게 노래했다.

> 이 도시는 느슨한 산책을 아주
> 싫어하는 모양입니다 산책은 아니
> 산책만이 두 눈과 귀를 열어 준다는 비밀을
> 이 도시는 알고 있는 것이겠지요
> 도시는 사람들에게 들키고 싶어 하지
> 않는다고 하더군요 저 반짝이는
> 유토피아의 초대장들로 길 안팎에서
> 산책을 훼방하는 것이지요
> —〈마지막 느림보〉 부분

국경을 빠져나오자 여행이 시작됐다

길에서도 책을 놓지 마라

유럽의 책마을을 가다 • 정진국 지음

본디 책읽기는 모험이요, 여행이다. 지은이가 언어로 세워놓은 새로운 세계를 답사해나가는 일이 곧 읽기 아니던가. 사람들은 이해하지 못한다. 거대한 돌로 세운 기념탑도 세월의 힘을 견디지 못하거늘 한낱 언어로 만든 신기루에 열광하는 이유를. 그러나 그들은 보지 못한다. 언어를 주춧돌로 삼아 비로소 가능한 무한한 세계를. 그렇다고 아무나 그곳에 들어설 수 있는 바는 아니다. 기득을 버리는 용기가 필요하다. 지금껏 알고 믿어왔던 것을 고수하려면 왜 새로운 책을 읽으려 하겠는가. 더 나은 것이, 더 아름다운 것이, 더 옳은 것이 있다면 기꺼이 받아들이려 여행을 떠나는 법이다. 그러니, 책 읽는 이는 늘 배교背教의 가능성을 안고 있는 자이다.

경배하고 숭배하려 다른 이가 남겨놓은 발자국을 뒤쫓는 무리가 아니다. 미답未踏의 길을 당당히 걷고자 떠나는 셈이다. 영광이 아니라 혼란이 있을 터나, 이를 성장통으로 당연히 여기는 이들이 이 대열에 함께한다.

이 세계로 여행을 떠나는 사람들은 이미 고고학자다. 지은이가 세워놓은 세계를 속속들이 들춰보고 펼쳐보며 시시콜콜 따지니 말이다. 그렇다고 원리와 원칙을 따지는 냉정한 검사의 시선만 떠올리지는 말 것. 거기에는 차라리 에로티시즘에 가까운 면도 있다. 더듬고 보듬으며 생각의 결을 느끼려 하는 욕망이 숨어 있으니. 그러니 그 세계에 발 디딘 이들은 행복하다. 현실이라는 땡볕에 지친 영혼들이 여기로 들어와 숨을 고르며 자신의 상처를 치유하고 있으니. 정말, 기적이다. 여권을 발급받고 비행기 표를 사고 여행지를 물색해 호텔을 예약하는 번거로운 과정이 필요 없다. 그냥 책을 펼치기만 하면 된다. 그러면 나는 지금과 전혀 다른 세계로 곧바로 빠져든다. 이런 여행이 세상에 어디 있을까.

여행을 떠나 새로운 세계를 맛본 이들은 다시 여행을 떠나게 마련이다. 이곳에 뿌리내릴 수 없다. 돌아와 잠시 일상을 살아갈 수는 있으나, 저곳을 향한 열망을 꺾을 수는 없다. 신들메를 다시 매고 길을 떠날 수밖에 없다. 읽는 이들도 마찬가지다. 책읽기를 여

국경을 빠져나오자 여행이 시작됐다

책읽기를 여행으로 여기는 이는 늘 새로운 책을 찾는다.
다른 사람이 세운 전혀 새로운 세계에 대한 호기심 때문이다.
그러니, 여행하는 이들이 책 읽는 것만큼 아름다운 풍경은 없다.

행으로 여기는 이는 늘 새로운 책을 찾는다. 다른 사람이 세운 전혀 새로운 세계에 대한 호기심 때문이다. 그러니, 여행하는 이들이 책 읽는 것만큼 아름다운 풍경은 없다. 힘들고 어렵고 지칠 때마다 책 읽어 힘을 내니, 여행과 책은 궁합이 제대로 맞는다. 책 읽는 이들이 잠시 책을 덮고 여행 떠나는 것도 제격이다. 질서와 현실의 세계에서 신화와 이상의 세계로 건너가는 것에 익숙해 있으니 말이다.

보잘것없는 책벌레로서 꼭 떠나고 싶은 여행이 있다. 유럽의 책 마을이 바로 그곳. 책 좋아하는 이들이 한군데 모여 자신들만의 세계를 세웠다니, 어찌 아니 가고 싶겠는가. 세속의 마을은 번지수로 찾아가야 하지만, 그곳은 그러지 않을 터. 말하자면 괴테의 집이나, 셰익스피어의 집, 또는 세르반테스의 집이라 되어 있거나, 문학의 숲, 인문의 바다, 과학의 요지경 따위로 번지수가 매겨져 있을 듯하다. 또한 서가에 책은 켜켜이 쌓여 있을지니, 한밤에는 책에 오랫동안 갇혀 있던 지은이나 주인공들이 마법에서 풀려나 한바탕 잔치라도 벌일 듯싶다. 아니, 어쩌면 그곳은 망명자들의 마을일지 모른다. 더는 책의 가치가 숭앙되지 않는 시대에, 세상과 타협하지 않고 여전히 그 가치를 옹호하는 이들이 모인 은밀한 곳 말이다. 가고 싶은 만큼 상상의 나래만 펼치고 있는데, 그곳을 두루 다녀보고 쓴 기행문이 있다. 미술평론가 정진국이 쓴 《유럽의 책마을을 가다》가 바로 그것.

책마을이라면 옹기종기와 오밀조밀이라는 낱말이 맞다. 그런데 우리에게는 그런 것이 없다. 큰 터에 널찍하고 호화로운 건물을 지어놓고 단지團地라는 이름 붙인 곳이 있을 뿐이다. 무척 문화적이고 예술적입네 하지만, 가만히 보면 속물 냄새가 난다. 유럽은 어떨까? 교양과 지성의 가치를 아는 곳, 그러나 이제는 그곳도 변했으려니 과연 책마을에는 진풍경이 펼쳐질까 아니면 을씨년스러울까. 기대 반 호기심 반으로 책을 집어 들었다. 서둘러 결론부터 말하자면, 부러웠다. 그곳에는 여전히 책의 가치가 널리 인정받고 있었고, 그것을 문화로 즐길 줄 아는 사람들이 수두룩했다. 본디 그러해야 하거늘, 우리는 왜 아직 그런 경지에 이르지 못했는지 모르겠다. 더욱이 흥미로운 것은, 책마을 대부분의 역사가 짧다는 사실이다. 유명짜한 웨일스의 헤이 온 와이를 빼고는 대체로 1990년대에 조성된 마을이었다. 그럼에도 일종의 지역 살리기 운동으로 책마을이 형성되었다는 사실에 감동받게 된다. 유럽도 사정이 우리와 별반 다르지 않았다. 지방과 시골의 청년들은 도시로 나아갔다. 오랜 역사를 자랑하는 전통마을이 서서히 붕괴해갔다. 이를 막고 다시 살리기 위해 책마을을 세운 곳이 많았다. 전시성으로

여행자의 서재

이루어지는 농촌 살리기를 보면 왜 우리는 이런 생각을 못하나 아쉽기 짝이 없다.

대체로 책마을에 자리 잡은 서점들은 헌책과 고서를 취급하고 있었다. 이 점을 주목할 필요가 있다. 한 시대의 지적 생산물의 총화라 할 책이 세월이 지나도 여전히 찾을 만한 가치가 있으려면 많은 것이 요구된다. 일단, 내용이 시간의 담금질을 견뎌내야 한다. 오늘의 독자도 찾아 읽고 싶은 책이 아니고서야 어찌 유통될 수 있겠는가. 여기에 책을 만들고 펴내는 이들의 장인정신이 깃들어 있어야 한다. 한때 반짝 팔리고 말 책이라 함부로 만들었다면 지금껏 남아 사람들의 손을 탈 수는 없는 노릇이다. 책이 하나의 예술품 대접을 받는 데는 책 만드는 이들의 감각과 정성이 필수이다. 그렇다면 물어보자. 우리가 과연 그러한가? 나는 부정적이다. 우리에게 헌책은 싼값에 책을 사본다는 의미를 넘어서지 못한다.

여전히 읽을 만한 책이라 귀하게 대접 받는 책도 예술품의 자격까지 얻지는 못했다. 이러고서야 어찌 출판문화를 말할 수 있겠는가. 책을 둘러싼 다양한 요소들이 성숙해야 비로소 책마을도 가능하다는 사실을 알게 된다.

이 책에 소개된 책마을은 유럽 10개국, 24군데. 지은이가 발품을 얼마나 들였을지 충분히 짐작이 간다. 흥미로운 것은, 지은이가 헤이 온 와이를 그리 중시하지 않는다는 점이다. 국내에서는 책마을 하면 헤이 온 와이를 떠올린다. 알려져 있다시피 "1962년에 리처드 부스의 주도로 세계 최초의 책마을을 선언하고 나선 뒤로 그 종주국으로서 위상을 높여온 이 책의 왕국은 책을 주제로 한 관광촌의 전형"이다. 그런데 지은이는 유럽에 책마을이 널리 퍼지면서 헤이 온 와이의 리처드 부스가 일종의 제국주의적 행태를 보인다싶은 모양이다. 책마을의 정신보다는 상업성에 너무 치중하고 있다는 비판도 간간이 나온다. 먼저 시작한 것은 높이 평가받아 마땅하나 이를 기반으로 우쭐대거나 압도하려고 해서는 곤란하다. 책을 사랑하는 사람의 태도로 적합하지도 않다. 책이란 자유롭고 평등하며 다양한 가치를 옹호하는 세계다. 이에 반하는 일이 벌어진다면 비판받아 마땅하리라. 책 들머리에 나온 스위스 발레의 생피에르 드 클라주는 유럽의 책마을이 어떤 배경으로 세워졌는지 잘 보여준다.

상설서점은 열세 곳. 대부분 지역 출신이 운영한다. 여러 언어의 일간지와 라디오 방송, 행정당국, 은행과 몇몇 기업도 마을이 환골탈태하는 일을 후원했다. 신부님의 아이디어는 마을의 700주년 생일을 축하하는 자리에서 마을에 보다 활기를 불어넣을 궁리를 하던 끝에 터져나왔다. 공기 맑고 한가한 이 동네에서 술이나 마시고 춤과 음악을 즐기는 것으로 소일하지 말자는 취지였다. 책과 고향을 사랑하는 모임, 즉 동호회 겸 향우회를 결성한 마을 사람들은 대륙 최초의 책마을인 벨기에 '르뒤'를 찾아가 자문을 구하는 등 착실한 준비를 거쳐 1993년 책마을을 출범시켰다.

책은 한 사람의 영혼을 일깨운다. 책마을은 쇠락하는 공동체에 활기를 불러일으킨다. 이 마을은 한여름에 문인의 강연과 낭송회, 사인회를 기본으로 하고 미술 및 자료 전시회, 영화상영, 제본 시연 등을 덧붙인 축제로 2만 명 가까운 사람을 불러 모은단다. 특히 마을에서 생산된 햇포도주와 음악을 곁들이는 주연은 축제의 자랑거리. 서가와 술통이 어우러져 있다니, 이 얼마나 환상적인가.
프랑스 니에브르의 라 샤리테 르 루아르는 파주 출판도시와 다

국경을 빠져나오자 여행이 시작됐다

른 책마을을 꿈꾸는 이들에게 좋은 모범이 될 법하다. 프랑스 출판계에도 위기가 있었단다. 출판시장이 파리로 집중된 데다 거대 자본이 출판사와 서점을 장악했다. 군소 규모의 출판사와 서점들이 설 자리를 잃어 가는데, 인터넷 출현으로 책 읽는 사람들이 현격히 줄었다. 더욱이 금융시장이 개방되면서 부동산 값이 폭등해 사정이 더욱 나빠졌다. 이에 대한 적극적인 반응으로 책마을이 생겨나기 시작했다.

불안정한 고용, 갈수록 대기업화하는 출판사와 서점에서 겪는 스트레스 등에 넌더리를 치고서 더욱 이상적인 '귀농'은 못하더라도 역겨운 대도시 생활을 피해 중소도시와 농촌에서 다른 삶을 찾으려는 사람이 부쩍 늘었다. (…) 책마을은 상당한 흡인력으로, 실적에 따라 퇴출될까 초조해하거나 살벌한 시장논리에 따라 움직이는 출판계에서 주눅 들어 사느니 새로운 길을 모색하려는 '먹물'들을 유혹했다. 책에 기대어 문화생활과 생계를 함께 꾸려 나가보려는 꿈과 믿음을 버리지 않은 사람에게는 더욱 그럴 수밖에 없다. 대도시의 자극적인 환락과 소란과 피곤 대신, 자신만의 조용한 시간과 자유를 중시하는 사람에게는 떼돈을 버는 것은 아니지만 이상과 현실 사이에서 이 정도의 시소게임은 감내할 만한 것이다.

그럴 수만 있으면 좋겠다. 책을 사랑하고 책 펴내는 일을 평생의 업으로 삼는 사람들이 전원풍경의 마을에 옹기종기 모여 살았으면. 더 벌지는 못하겠지만, 번 것으로 만족하며 더 많은 시간을 책 읽고 저자와 만나 이야기하는 것으로 보냈으면. 위풍당당한 건물로 사람을 사로잡는 것이 아니라 아기자기한 축제와 행사로 발길이 끊이지 않는 마을이 되기를. 책 읽으며 책 만드는 사람들이 무에 큰 욕심이 있을까? 유럽의 책마을 사람들이 꿈꾼 대로 살아가면 되는 법이거늘, 우리는 왜 못하는지 끝내 모르겠다.

국경을 빠져나오자 여행이 시작됐다

삼국유사 길 위에서 만나다 •고운기 지음

그가 있어 행복하고 풍요로워졌다. 만약 그가 곁에 없었다면, 우리는 얼마나 보잘것없고, 초라해 보였을까. 다시 보아도 그 뜻이 새로우니, 그 말이 깊고 넓기만 하다. 가만히 앉아서 들은 이야기를 한담 삼아 한 것이 아니라, 자신이 나고 자란 땅을 직접 밟으며 듣고 확인한 것들만을 전해주었으니, 그 마음 한량없이 크다. 짓밟히고 피눈물 흘리는 사람들에게 자랑스러움과 희망을 주고자 했던 말이니, 그 뜻 지극히 넓기만 하다. 일연의 《삼국유사》를 떠올리면 얼핏 드는 생각이다.

《삼국유사》를 읽는 방법은 여럿 있을 수 있다. 완역본을 읽어 젖히는 것은 고전적인 방법이다. 기왕이면 사진을 덧붙인 책을 읽는 것이 좋다. 죽은 이야기가 아니라 살아 있는 이야기임을 확인할 수 있으니. 풀이한 책을 보아도 된다. 신화는 이성과 논리로는 이해되지 않는 법. 우리의 신화적 독자성을 날줄로, 세계 신화의 보편성을 씨줄로 삼아 짠 그물로 상징의 의미를 낚아 올린 책을 보면《삼국유사》가 더 흥미롭고 살가워지기 마련이다. 여기《삼국유사》를 읽는 또 다른 방법이 있다. 일연이 그러했듯 발품 팔아가며《삼국유사》에 나온 현장을 찾아가 보는 것이다. 신화가 허황한 이야기 모음이 아니라, 한 민족의 집단 무의식이 오롯이 배어 있다는 것을, 오늘의 우리가 삶의 잣대로 삼을 만한 지혜가 가득 담겨 있다는 사실을 확인할 터.《삼국유사》에 미친 시인 고운기가 먼저 이 일을 했으니,《삼국유사 길 위에서 만나다》가 그 열매이다.

고운기가 먼저 찾은 곳은 양양 진전사 터. 고향이 경상도 경산인 여덟 살 난 김견명이 어미 품을 떠나 전라도 광주의 한 절로 공부하러 갔다. 여섯 해가 지나서 출가를 결심하고 설악산 아래로 와 머리를 깎았다 한다. 승려로서 받은 이름은 회연. 그가 출가한 절이 바로 진전사이니, 강원도 양양군 둔전리에 있다. 회연이 누구기에, 이 여행의 들머리를 장식했을까?

나는 이 터를 찾아 자주도 갔다. 절집 한 채 없이 터만 남은 곳이

국경을 빠져나오자 여행이 시작됐다

니 조금은 심심했다. 적막한 빈터에서 길손은 마음과 가슴의 눈만 열 뿐이다. 그렇게 지난 세월을 반추해 보지 않고서는 좀체 잡히지 않을 모습들이 있다. 길손의 상상력은 한없이 날개를 단다. 빈터에서는 일은 하나의 구축인 동시에 새로운 시작이다. 진전사에서 출가한 김견명, 곧 회연은 나중에 일연으로 이름을 바꾸었다. 바로 삼국유사의 저자 일연 그이다.

아무렴, 일연의 흔적이 남아 있는 곳을 첫 출발지로 삼지 않고 어찌 삼국유사 기행을 할 수 있겠는가. 지금은 절터와 삼층석탑, 그리고 부도만 남았다 하더라도 말이다. 진전사는 30년 넘게 중국에서 선종을 배운 도의 스님이 세운 절로 가지산문迦智山門이라 부르는 우리나라 최초의 선종 일문이 시작된 곳이라 한다. 이 절 근방에 평창의 월정사와 양양의 낙산사가 있으니,《삼국유사》에 두 절 이야기가 나오는 이유를 알 만하다. 그래서 고운기는 진전사를 소년 일연의 베이스캠프라 말한다. 하 수상한 시절, 여러 절을 두루 돌아다니며 참된 말씀의 세계를 갈구했을 터이니 하는 말이다. 아마도 일연은 그 시절부터 마음으로《삼국유사》를 썼을 성싶다. 일연이 평생 가슴에 품었을 조신의 꿈 이야기가 바로 낙산사를 배경으로 하고 있지 않던가.

이야기인즉슨 이렇다. 승려 조신은 강릉태수 김흔공의 딸을 좋아했다. 여러 해 동안 낙산사의 부처님에게 행운이 돌아오길 기도했다. 그런데 태수의 딸이 혼처를 구했다는 소식을 들었다. 조신은 낙산사에 가 소원을 들어주지 않은 부처님을 원망했다. 그러다 잠이 들었는데, 김씨 아가씨가 조신 앞에 홀연히 나타났다. 평소 흠모하던 조신과 한 삶을 살러 왔다는 것이다. 뛸 듯이 기뻤던 조신, 처녀를 데리고 고향동네로 가 50년을 살았다. 그런데 그 삶이 참으로 기구했다. 큰아이는 굶어죽었고, 한 아이는 구걸하러 갔다가 개에게 물려 앓고 있다. 함께하면 행복할 줄 알았건만 시간이 지날수록 고통만 더해갔다. 아내가 살아나갈 겨를도 없는데 부부 사이의 사랑이 가당키나 하냐며 이별하자 했다. 이 말을 들은 조신은 기뻐했다고 한다. 그도 이 지겨운 삶에서 벗어나고 싶었던 듯. 두 아이씩 맡아 헤어지려다 눈을 떴다. 벌써 아침인데, 수염과 귀밑머리가 하얗게 셌다. 그제야 큰 깨달음을 얻어 원망하던 부처님을 바라보며 참회했다 한다.

양양 진전사 터를 출발지로 삼으면 주변의 낙산사, 강릉의 굴산사 터, 평창 월정사를 한 묶음으로 둘러보란다. 거기에 다《삼국유사》의 흔적이 남아 있으니.

《삼국유사》는 어떤 면에서는 신라유사이기도 하다. 비중이나 분량 면에서 부정할 수 없는 사실이다. 그러니 고운기가 떠난 여행의 고갱이도 경주일 수밖에 없다. 시인이라 그러할까. 고운기는 '신화의 땅' 경주에 들어서면서도 첫 기행지로 분황사를 내세운다. "절도 절이지만 분황사 정문에서 황룡사 터를 바라보는 즐거움과 그 뜻이 각별하기 때문"이라 하니, 역시 시인은 화려하고 빛나는 것보다 스러지고 별 볼 일 없어 보이는 것을 더 사랑하는 모양이다.

시인은 분황사에서 두 명의 인물을 떠올린다. 첫 번째는 희명. 경덕왕 때 일어난 일이다. 멀쩡하던 다섯 살 딸아이가 눈이 멀었다. 그 딸의 어미 이름이 희명이니, 의지할 데 없던 여인은 분황사 왼편 전각 북쪽에 그려진 천수대비를 찾아 빌었다. 천수대비가 누구던가. 천개의 눈과 손으로 두루 세상을 살피는 관음보살이지 않은가. 그 많은 눈 가운데 하나만 딸아이에게 달라고 떼를 썼다. 《삼국유사》에 간략하게 기록된 이야기지만 피 끓는 모성과 이에 응답한 기적이 가슴을 적신다. 두 번째는 원효의 아들 설총. 아버지가 입적하자 설총은 그 유해를 잘게 부수어 얼굴 모양 그대로 만들어 분황사에 모셨다. 그런데 설총이 예불을 드리러 오자 소상塑像이 돌아보았단다. 시인은 혼잣말을 한다. "아비는 아들의 무엇을 보고 싶었던 것일까? 아들에게 전할 무슨 애틋한 사연이 남

왔더란 말일까"라고.

이 책에서 비로소 알게 된 흥미로운 이야기가 있다. 서봉총은 1926년에 발굴되었다고 한다. 그때 마침 스웨덴 황태자 구스타브가 신혼여행 차 일본에 왔단다. 그는 고고학자였다. 서봉총 발굴 소식을 들은 황태자는 부러 경주까지 와서 금관을 손수 꺼냈다고 한다. 금관에 세 마리의 봉황 모양이 장식되었으니 이름을 봉황총이라 짓자 제안했다는데, 스웨덴瑞典의 '서'자와 봉황의 '봉'자를 따서 서봉총이라 했단다. 이 황태자가 나중에 국왕이 되어 스웨덴이 복지국가로 성장하는 데 큰 공을 세웠다 하니, 역사와 문화의 가치를 아는 이답다 하겠다.

남산을 다룬 장은 아쉽기만 하다. 다른 지역과 균형을 이루기 위해 어쩔 수 없이 소략하게 다룰 수밖에 없었을 터다. 나는 경주에서 가장 빛나는 곳은 남산이라 생각한다. 정말, 야외박물관으로 이만한 곳이 또 어디 있는가 싶다. 지천으로 널린, 민중의 간절

국경을 빠져나오자 여행이 시작됐다

알고 떠나든, 가서 비로소 알든

떠나지 않는 이는 깨달음을 얻을 수 없고, 오래된 지혜를 만날 수 없다.

그곳에 가면 켜켜이 쌓여있는 이야기들을 만나 볼 것.

여행자의 서재

한 열망이 담긴 마애불들이야말로 국보다. 고운기는 말한다.

이 많은 마애불을 만든 이들은 누구였을까? 아마도 '경주에 사는 온갖 사람'이라 말해야 옳을 듯하다. 마애불의 가짓수가 많은 만큼, 새긴 모양이 제각각인 만큼. 그런데 오늘 남산을 오르며 곰곰 생각해보니, 누가 와서 만들었건, 그것은 신라 사람들에게 다름 아닌 '큰바위 얼굴'이었으리라 싶다. 경주사람들은 부처의 얼굴을 스승으로 알고 바위에 그려, 자신과 후손들에게 귀감이 되게 한 것 같다. 세월이 흐르면서 부처는 곧 자신들의 얼굴이 되었고.

경주기행은 분황사를 기점으로 왕릉과 남산, 그리고 무장서 터를 두루 돌아보도록 이끌고 있다.

《삼국유사》에서 가장 아름다운 이야기는 경상도 바닷길에서 주로 벌어진다. 지금으로 치면 7번 국도. 당장 수로부인이 떠오르고 연오랑 세오녀 이야기가 생각난다. 고운기는 특히 연오랑 세오녀 이야기를 공들여 현대적으로 해석한다. "1800여 년 전 혈혈단신 이민자가 '저팬 드림'을 이룬 성공담"으로 보기도 하지만, 바닷가에서 수중고혼이 된 부부의 슬픈 넋을 기리기 위한 굿이 지어낸 이야기가 아닐까 짐작해본다. 만파식적과 처용도 이 길에서 만나는 이야기다. 절 이름에 선적^{禪的} 깨달음에 얽힌 재밌는 일화가 스민 포항 오어사에 들른 다음 경주 대왕암과 울산 개운포와 김해 수로왕릉을 살펴본다.

이제 지은이의 발길이 닿는 곳은 백제의 땅. 마음이야 고구려도 가보고 싶겠지만, 분단 현실은 삼국유사 기행의 영역을 제한한다. 신화를 연구하는 사람의 처지에서 보자면 익산 미륵사는 하나의 도전이다. 신화로 보자면 무왕, 즉 서동의 아내는 선화공주여야 한다. 그 유명짜한 서동요가 이들의 연애사이지 않던가. 그런데 2009년 1월, 미륵사 서탑에서 사리봉안기가 발견되면서 사달이 났다. 이 봉안기를 보면 미륵사 창건의 주인공은 사택왕비이며 그녀가 바로 무왕의 아내였다. 지은이는 서동요 해석의 새로운 길을 열어 보이는데, 그 하나는 "알을 품고 가는"이라는 구절을 미루어 건국신화로 추어올리는 것이다. 다른 하나는 "개성이 뚜렷했으면서도 이 세상에서 아름다운 인연을 맺지 못한, 주어진 삶을 제대로 살다가지 못한 '어떤 셋째 딸'들을 위한 진혼가"로 보는 것이다. 두루 타당성 있는 해석이라 흥미롭다.

익산 미륵사 터에서 시작해 김제 금산사와 고창 선운사, 그리고 영광 법성포에서 여행을 마무리했다. 알고 떠나든, 가서 비로소 알든 떠나지 않는 이는 깨달음을 얻을 수 없고, 오래된 지혜를 만날 수 없다. 그곳에 가면 켜켜이 쌓여 있는 이야기들을 만나 볼 것. 그 이야기는 황당무계한 것들이 아니라, 살아가면서 겪을 우리네 인생사의 DNA 창고다. 그래서 내가 나일 수 있는 집단적 뿌리를 만나게 되고, 내 삶의 미래를 짐작할 수 있는 법이다. 버려진 모퉁이 돌이 주춧돌이 되게 마련이다. '유사'라 해 나머지 것들이라 했지만, 그곳에 우리 삶의 비의와 새로운 이야기를 지어낼 상상의 원천이 숨어 있다. 지금 무언가를 읽고 싶다면,《삼국유사》부터 펼쳐 보기를.

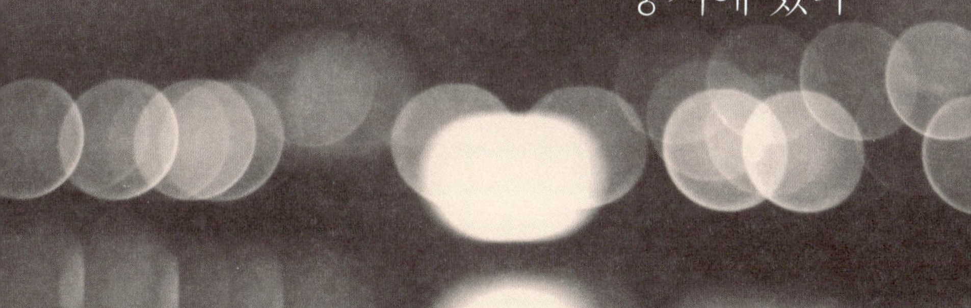

2장

걷는 길 위에
고독과
행복이
동시에 있다

천천히 걸어, 희망으로 • 쿠르트 파이페 지음

내 삶의 말년이 이러했으면 좋겠다.

좀 더 평화로운 노년을 꿈꾸었으나, 육체를 갉아먹는 병마에 시달릴 터. 의사가 냉정하게 삶의 남은 '유통기간'을 알려주리라. 그때 삶에 대한 미련으로 절대자를 원망하며 시간을 헛되게 보내고 싶지는 않다. 살아오며 얼마나 많은 추억과 사랑과 상처와 마음의 짐이 있었겠는가. 곱씹어보고 떠올려보고 흘려보내야 한다. 화해하고 용서하고 후회하고 용서받아야 한다. 그래서 내가 태어난 자리, 이제 육체를 영원히 감금시킬 이 땅을 두루 밟아보기로 한다. 주변의 반대는 아랑곳하지 않기로 한다. 앉아서 운명을 받아들이느니, 걸으며 성찰하기로 한다.

걷는 길 위에 고독과 행복이 동시에 있다

기왕이면 그 여행이 홀로 떠나는 것이 아니길 꿈꾸어본다. 구간마다 한때를 공유했던 이들과 보내고 싶다. 과거를 함께한다는 것만큼이나 진한 동지의식을 느끼는 게 또 어디 있을까. 숫기가 없어 입에 올리지 못한 감사의 말을 후회 없이 하고 싶다. 당신 덕에 기쁘고 즐거웠노라고. 지나는 길에 오랫동안 연락 끊긴 이를 찾아가보는 것도 좋을 성싶다. 우연이었지만 필연이 될 수밖에 없었던 인연에 감사하며, 뿌리내리고 사는 이의 굳건함과 건강함을 온몸으로 느껴보는 것이다.

가족과도 함께 걸었으면 좋겠다. 아내와 걸으며 한평생 살아오며 겪었던 일을 회상하리라. 만사 까칠하고 신경질적이었던 청년 시절을 떠올리며 이제 황혼기를 맞이한 남자의 너그럽고 넉넉한 인생관을 너스레 삼아 들려주고 싶다. 이제는 중년으로 접어든 딸과도 걷고 싶다. 아비가 걸어온 삶의 길이 자식이 가야 할 길이 되었으면 얼마나 좋겠는가. 그러지 못해서 정말 미안했다고, 더 큰 꿈을 이루는 데 뒷받침되지 못해 가슴 아팠다고 말해주고 싶다. 어느덧 청년이 된 손자가 있다면, 분명히 나와 같이 길을 걸으리라. 실패를 두려워하지 말고, 이웃의 고통에 눈 감지 말라고 말해주어야지. 남들이 가는 길을 가지 말고 내면에서 솟아오른 진정한 목소리가 가리키는 방향으로 가라고 간곡히 말해주고 싶다.

그러다, 그럴 수만 있다면 통일된 이 나라의 정기가 담긴 산까지 이르고 싶다. 여기에 이를 수 있도록 허락한 운명에 감사하고 싶다. 거기서 강렬하게 깨달으리라. 내가 홀로 이 세상에 있지 않았음을. 그 어느 곳에서 발원한 작은 샘물이 거친 강물을 이루고, 그것들이 서로 몸을 섞어 대양으로 흘러갔듯, 이 땅에 뿌리내리고 역사를 일궈낸 선배들이 있었기에 내 삶이 가능했음을. 그리고 그곳을 걷다 숨을 거둘 수 있으면 좋겠다. 아마도 잠시 쉬려다 부름받아 무거운 육체를 훌훌 털어버리리라. 바라자면, 바람에 거죽이 다 닳아 없어질 때까지 사람들의 눈에 띄지 않았으면. 하늘을 떠받치는 저 거대한 나무를 감싸고 불어오는 우주의 입김이 내 삶에 묻은 열정과 욕망을 다 발라내줄 때, 나는 비로소 자유로워질 수 있을 듯싶어서다.

뜬금없이 내 말년의 소망을 그려볼 수 있었던 것은 쿠르트 파이페의 《천천히 걸어, 희망으로》 덕이다. 조경사로 58년 동안 일했다. 성실과 근면으로 행복한 가정을 꾸렸다. 64세 되던 해에 대장암 말기 판정을 받았다. 의사가 말했다. "6개월 남았습니다"라고. 수술하면서 주변을 둘러보았다. 화학요법과 방사선 치료를 받으며 고통스러운 말년을 보내는 사람이 많았다. 얼마간 이승에 남아 있을 시간을 벌어주기는 할 터다. 그러나 병을 근본으로 치료할

걷는 길 위에 고독과 행복이 동시에 있다

수는 없다.

　마음을 다잡았다. "차라리 반년이나 일 년 일찍 죽고, 남은 시간을 원하는 대로 쓰는 게 나으리라"고. 은퇴하면 아내와 하고 싶었던 일을 감행하기로 했다. 유럽 장거리 걷기여행. 1969년 유럽국가 사이의 이해를 돈독히 하기 위해 유럽걷기여행협회가 발족하고, 노르트카프에서 시칠리아까지 길을 내기로 했단다. 그런데 아쉽게도 스웨덴에서 로마에 이르는 길만 열렸다. 기실, 일반인들은 야콥스벡을 더 좋아했다. 하지만 널리 알려진 터라 너무 많은 사람이 다니는 길이었다. "혼자 있고 싶었고 자연으로부터 치유받고" 싶은 이에게는 덜 알려진 길이 안성맞춤이었다. 마음먹었다고 될 일은 아니었다. 독일의 쿠퍼뮐레에서 이탈리아의 로마에 이르는 길이었다. 나중에 따져보니 166일에 걸쳐 3350킬로미터를 걸었다. 그야말로 대장정이었다. 몸 상태는 만신창이였다. 반대가 없을 리 없었다. 자신도 상황을 잘 알고 있었다.

　방금 수술을 했는데! 지금 내 상태에서! 게다가 인공항문기구까지 차고 있는 마당에! 여행경비는 또 어떻고! 그 밖에 많은 일들은! 그것도 혼자서!

그럼에도 떠나기로 했다. 가족에게 짐이 되는 존재가 돼 아무 할 일 없이 죽는 날만 기다릴 순 없었다. 그리고 아내가 부재를 경험했으면 싶었다. 이른 시일 안에 아내 곁을 영원히 떠나야 할 운명이다. 그렇다면, 여행을 떠나 있는 동안 부재를 '연습'할 수 있지 않을까 싶었다. 드디어 발을 내디뎠다. 자신도 몰랐다. 여행이 순례가 될 줄은. 위로받고 격려받고 싶은 마음이었으나, 다른 이를 위안하게 될 줄은. 더욱이 자연과 우주와 하나되는 놀라운 경험을 할 줄은 몰랐다. 그저 천천히 걸었고, 길을 찾아 헤맸을 따름이며, 아름다운 풍광에 경탄했을 뿐이다.

걸으며 그는 자신의 삶이 길에서 시작했음을 환기했다. 1945년 1월, 전쟁이 나고 가장 혹독한 겨울이었다. 러시아 군대가 동쪽에서 밀고 들어오는지라 피란을 떠나야 했다. 서둘러야 했다. 군대부터 퇴각하느라 민간인의 피란행렬이 늦게 시작됐다. 세 살 때 "짧은 다리로 스스로 걸어 전쟁에서 도망쳤다." 아버지는 감옥에 갇혀 있던지라 22세의 어머니와 함께였다. 자신의 삶은 도망에서 시작한 듯싶었다. 지금도 도망가고 있나? 죽음에서, 가족에 대한 의무에서. 어머니 생각이 자주 났다. 어릴 적 어머니가 잠자리에 드는 아들에게 입버릇처럼 하신 말씀이 있었다. "걱정 말고, 살아라." 그 말을 바꾸었다. "걱정 말고, 걸어라"라고. 아마도 놀라운 마술이 벌어졌을 터다. 그가 떠난 여행은 도피가 아니라 시작이 되었을 테니 말이다.

늙은 몸에 돈은 없고 병까지 든 이가 하는 여행이라 청승맞은 일이 자주 벌어진다. 무릎은 욱신거리고, 인공항문은 속 썩이고, 텐트 칠 자리를 찾느라 전전긍긍한다. 그러나 여행은 유쾌하다. 여행을 하면 할수록 세상은, 언론이 보도하는 것만큼 살벌하거나 타락한 것만은 아니라는 사실을 깨닫는다. 세상 사람들은 어려움에 놓이고 모험에 나선 이를 도울 만큼 충분히 이타적이었다. 땅을 침대보 삼고, 하늘을 천장 삼으며 떠난 여행이었으니 가능한 깨달음도 얻었다.

이날 밤, 나는 몸의 세포 하나하나가 전 우주와 일체를 이루고 있다는 기분에 휩싸였다. 나는 생물과 물질세계의 한 부분이다. 나는 광활한 하늘 아래에 있으면서 집에서처럼 편안했고, 이 순간의 말

여행자의 서재

여행은 녹인다, 우리의 아집과 자존심을.
다른 이의 이야기를 경청하고,
그의 아픔을 공감하는 능력이
훨씬 향상된다는 사실도 경험한다.

할 수 없는 아름다움과 숭고함 때문인지 어느 결에 흐르는 눈물이 부끄럽지 않았다. 여러 날이 지난 후, 이날 밤이 여행의 진정한 시작이었음을 깨달았다. 이 시점부터 나는 그저 마냥 기능하며 돌아가던 사람에서 또렷한 의식을 가지고 체험하는 사람으로 바뀌었다. 단순한 명료함 속에서 비밀스러운 베일을 벗은 삶의 진정한 모습을 짐작하게 되었다.

주마간산 격으로 여행 다니는 이들은 절대 경험하지 못할 감상이다. 그는 지금 자신의 삶을 담보로 여행을 떠났다. 그것이 어떤 대가를 주리라고는 예상하지 못한 상황이다. 그러나 무엇이든 존재를 걸고 하는 일에는 영적 깨달음의 순간이 오는 법이다. 길을 걷다 문득 눈물을 흘려본 이들은 안다. 압도하는 자연의 힘에 경탄을 금치 못한 이들은 안다. 그때 느꼈던 희열이 자신을 변화시킨다는 것을 말이다.

그는 바뀐다. 산전, 수전 두루 겪는 여행을 하며 "낙관, 희망, 미소, 흥미로운 인상, 인간적으로 깊은 만남"의 기회를 잡는다. 다른 사람의 친절을 흔쾌히 받아들이게 된 것도 큰 변화다. 그는 처음에는 물병을 채워주거나 먹을거리를 주거나 잘 곳을 마련해주면 거절하거나 돈으로 갚으려 했다. "누가 나에게 뭔가를 주면 나도

여행자의 서재

반드시 뭔가를 돌려주어야 한다고 생각"해서다. 하지만 친절과 배려는 다른 무엇으로 교환할 수 있는 것이 아니다. 선의를 거절하는 것은 상대방의 기쁨을 앗는 일이었다. 여행은 녹인다, 우리의 아집과 자존심을. 다른 이의 이야기를 경청하고, 그의 아픔을 공감하는 능력이 훨씬 향상된다는 사실도 경험한다. "다른 사람과 눈높이를 맞추는 것, 편견이나 선입관으로 판단하지 않는 것, 흥미를 보이며 마음을 열고, 긍정하고 관심을 기울이는 것"을 자연스럽게 실천하게 되더란다.

지은이가 로마에 도착하는 순간, 읽는 나도 안도의 한숨이 저절로 나왔다. 내가 읽어본 여행기 가운데 가장 병약한 이가 떠난 여행이었다. 한 신문에 소개되며 그는 일약 유명인이 되었다. 그 덕에 이 여행기를 펴내게 됐다. 그러나 어느 곳에서도 자만하거나 교만해진 그를 볼 수는 없었다. 여행은 죽음도 두려워하지 않을 정도로 사람을 단련시키나니, 세간의 관심 때문에 들뜰 리 없다. 그는 죽지 않고 살아남았다. 더 악화된 것이 아니라 더 나아졌다. 책 제목대로 천천히 걸었더니, 그 끝에 치유와 희망이라는 선물꾸러미가 놓여 있었다. 대장정을 마친 그가 담담한 목소리로 우리에게 다음처럼 말해준다.

걷는 길 위에 고독과 행복이 동시에 있다

내가 사람들에게 할 수 있는 조언이란, 당신에게 기쁨과 충만함을 가져다주는 일에 첫 발걸음을 떼라는 것이다. 비록 당신의 소원이 가까운 사람들의 눈에 턱없이 미친 짓으로 보인다 해도 상관없다. 시작하기만 하면 이미 당신 내면에 있는 예감하지 못했던 능력이 깨어난다. 굉장한 만족감과 행복감이 당신을 사로잡으며, 당신의 삶과 병에 대한 생각을 바꿔놓는다. 당황스러운 모든 일도 자신이 운명으로 받아들여야 하고, 또 받아들임으로써 최선을 만들어낼 수 있다. 그래야 큰 충족감과 깊은 내적 평온을 찾을 수 있다.

세상에 시달리고 사람에게 치인 이들이라면, 당장 봇짐 싸고 여행에 나서야 한다. 길에 돈을 까는 여행이 아니라, 땀과 눈물을 뿌리는 여행이어야 한다. 그때 비로소 알게 되리라. 삶이란 "빵에 붙어 있는 맛있는 건포도만 쏙 빼서 먹"는 것이 아니라는 사실을, "사람은 고통을 통해 강해지고 진실"하게 된다는 사실을.

여행자의 서재

이것은 혁명이다. 뭇 사람들이 익숙한 것들을 스스로 버렸다. 오랫동안 몸에 익어 결코 털어 내버릴 수 없으리라 여겼던 것들을 훌훌 벗어버렸다. 과거 같으면 불편하고 궁상맞다 여겼을 터다. 그러나 이번에는 달랐다. 자유롭고 평화롭고 행복하다고 말했다. 만약 누가 강제로 그러라 했다면 '민란'이라도 일어났을지 모른다. 이 혁명은 진보가 아니라 진화이리라. 새로운 것이 더 낫다라는, 문명의 이기를 극대화한 것이 가치 있다는 고정관념을 깨버렸으니. 잃어버린 것, 잊어버린 것, 그러나 오랫동안 영혼 깊은 곳에서 들끓고 있던 것을, 그러니까 퇴화한 것의 가치를 다시 살려 놓았으니 말이다.

걷는 길 위에 고독과 행복이 동시에 있다

본디 혁명이란 이런 것이어야 했다. 일상에서 비롯해야 하고, 스스로 동의해야 하고, 변화의 가치를 몸소 체험해야 하고, 다시 동참하고 싶어 해야 하고, 자발로 다른 이들에게 권해야 하는 법이다. 몸으로 하는 것이로되 정신을 황홀경에 이르게 해야 하며, 당장 성과에 급급한 것이 아니라 아무런 효용이 없어도 하는 것이어야 하며, 누구를 앞질러가는 것이 아니라 같이 가는 것이어야 하며, 목표를 이루어야 하는 것이 아니라 이루어 가는 과정에서 희열을 느껴야 하는 법이다. 이 가치를 두루 실현하고 있으니, 어찌 혁명이라 하지 않을 수 있을까. 제주 올레길에서 일어난 갖가지 풍경을 말하느라 이리 수선을 떨고 있다.

걸어본 이는 안다. 걷는 것이 얼마나 에로틱한가를. 한발 한발 내디디며 걸어 나가는 것은 대지의 여신을 애무하는 것과 마찬가지다. 서두르면 안 된다. 뛰어서도 안 된다. 타박타박, 걷고 걷는 이에게 대지의 여신은 비로소 자신을 열어 준다. 눈에 띄지 않았던 풀 한 포기, 꽃 한 송이를 걸으며 비로소 발견한 적이 있는 이는 무슨 뜻인지 알리라. 오로지 대지의 여신과 관계 맺고 있을 적에 우리는 일상의 덫에서 벗어난다. 나를 좀먹었던 그것에서 빠져나온다. 처음에야 용서해야 할 사람들이 떠오르겠지만, 끝내 자신을 용서하고 격려한다. 걷다가 불현듯 눈물 흘린 이들은 무슨 뜻인지

여행자의 서재

알리라. 제주 올레길을 연 서명숙이 그런 경험을 했다.

참 묘한 일이었다. 걷다보면 그 모든 증오, 미움, 한탄, 연민이 다 부질없이 느껴졌다. 송곳 하나 꽂을 틈 없던 가난한 마음밭이 어느덧 넉넉해지는 듯했다. 흙탕물로 뿌옇던 마음의 호수는 앙금이 가라앉아 어느새 말갛게 되었다.

적어도 걷는 순간만큼은 '강 같은 평화'가 찾아들었다. 걷기는 마음의 상처를 싸매는 붕대, 가슴에 흐르는 피를 멈추는 지혈대 노릇을 했다. 자연이 주는 위로와 평화는 훨씬 따뜻하고 깊었다. 보이지 않던 꽃들이, 눈에 띄지 않던 풀들이, 들리지 않던 새소리가 천천히 걷는 동안 어느 순간 마음에 와 닿았다. 개화산 산책은 육체를 단련하는 시간일뿐더러, 정신을 샤워하는 시간이기도 했다. 걷기는 온 몸으로 하는 기도요, 두 발로 추구하는 선이었다.

서명숙의 《제주 올레 여행》은 한마디로 그것은 혁명, 이라 호들갑떨 수밖에 없는 올레길이 어떤 연유로 만들어졌고 어떻게 열어갔는가를 기록한 책이다. 숱한 철학자와 문필가들이 걷기를 찬양한 글을 썼건만, 이보다 더 공감 가는 걷기 예찬론은 없을 듯싶다. 무수히 많은 이들이 산티아고를 다녀와 여행기를 썼지만, 이만큼

걷는 길 위에 고독과 행복이 동시에 있다

벅찬 감동을 주는 순례기는 없을 성싶다. 누구나 긴 여행을, 그것도 도보여행을 다녀오면 영혼의 키가 한뼘쯤 커져 있다는 사실을 확인한다. 하지만 거기까지다. 다른 이를 상관하지 않는다. 그것이 잘못된 것도, 탓할 일도 아니다. 그런데 그이는 달랐다. 우리 모두 영혼의 키가 훌쩍 커지길 꿈꾸었다. 올레길을 걸은 이들은 헤니라는 이름을 기억하고 감사해야 할 듯. 그녀가 던진 한마디 말이 우리에게 안긴 선물이 무척 크니까.

헤니는 고개를 끄덕이더니 진지한 표정으로 말했다.

"우리는 이곳에서 참 행복했고 많은 것을 얻었어. 그러니 그 행복을 다른 사람들에게도 나눠줘야 한다고 생각해. 누구나 우리처럼 산티아고에 오는 행운을 누릴 순 없잖아. 우리, 자기 나라로 돌아가서 각자의 까미노를 만드는 게 어때? 너는 너의 길을. 나는 나의 길을."

머리에 번개를 맞은 기분이었다. 만들어져 있는 길만 길이라고 생각하던 나. 우리나라엔 왜 아름다운 걷는 길이 없나, 불평만 일삼던 내게 코페르니쿠스적 전환이 찾아왔다. 아, 내가 직접 길을 만들 수도 있구나. 산티아고 길을 걸으면서 어릴 적 걷던 내 고향 제주의 길을 내내 떠올렸는데 (…) 그곳에 길을 내면 되겠구나. 제주 올레의 씨앗이 뿌려진 순간이었다.

우리는 늘 늦는다. 너덜너덜해져 더는 버틸 수 없을 정도가 되어야 나를 돌아보게 된다. 그이도 그러했던 모양이다. 지치고 힘들고 쓰러질 때가 되었을 적에 "세상에서 가장 길고 아름다운 도보여행 길"이라는 말에 만사 제치고 산티아고 길을 걷는다. 도대체 800킬로미터를 걷는다는 것은 무슨 뜻일까. 그리고 거기서 만나고 헤어지는 사람들은 우리 삶에 어떤 영향을 끼칠까. 더불어 거기서 보는 풍광은, 거기서 온 몸으로 부딪치는 자연은 또 무엇일까. 그런 생각으로 그이의 산티아고 기행을 보면 흥미로울 터다.

평소 등산이라는 말보다는 입산이라는 말이 좋았다. 오른다는 말은 다분히 정복의 혐의가 있다. 산을 대상으로 삼고 이용만 하는 듯한 느낌이 든다. 그렇지만 입산은 어딘가 겸허해 보이며 내향적이다. 들어간다는 것은, 버린다는 것과 유사하며 만난다는 것을 뜻하기도 한다. 먼 길을 걷는 기분이 이와 유사할 듯하다. 그이는 걸으면서 깨달았단다. 이 순례길을 걷는 것은 브레이크 타임을 보내는 것임을. 길을 걸으며 삶의 새로운 길을 고민하니 "우리는 길 위에서 길을 묻는 순례자들"이라는 점을. 걸으며 이 정도는 깨달아야 "길을 걷는 것이 행선行禪이요, 묵상이요, 기도였다"고 말할 수 있는 법이다.

산티아고에서 돌아와 오랫동안 걸으며 풍광을 즐기고 더 많은

걷는 길 위에 고독과 행복이 동시에 있다

사람이 자신을 만나는 길을 열기 위해 발 벗고 나섰다. 이 길 만들기가 감동을 자아내는 것은 화해라는 열쇳말로 아우를 수 있는 두 가지 일 때문이다. 먼저 것은 그이의 가족사에 얽힌 앙금이 풀려나가는 대목이다. 길을 만들기 위해 나섰는데 생각지도 않게 남동생이 많은 도움을 주었다. 유명한 조폭 출신이라 집안의 화근이었다. 어릴 적처럼 서로 아끼는 남매 사이일 수 없었다. 워낙 제주도에 대한 지식이 많은지라 길을 찾아내고 새로 내는 데 큰 힘이 되었다. 길을 만들며 닫혀 있던 마음의 길이 열렸다. 그리하여 마침내 "오랜 세월 반목해온 동생과 한길을 바라보게 된 것만으로도 행복했다. 올레길은 열리기도 전에 우리 가족의 깊은 상처를 아물게 했다". 그래야지, 만약 그러하지 않았다면 길 내는 것이 무슨 의미가 있었겠는가. 다음 것은 첫 번째 올레길을 내며 두 마을 사이의 오래된 갈등을 씻어낸 일이다. 한 오름을 두고 시흥리 쪽에서 오르면 말미오름, 종달리 쪽에서 오르면 알오름이라 했다. 이유가 있었다. 해녀싸움이 마을싸움으로 변해 두 마을이 오랫동안 대립해 왔다. 말미오름과 알오름을 이어서 첫 올레길로 텄다.

올레라는 말은 본디 화해와 소통의 뜻을 품고 있었다. 제주에 걷는 길을 만든다 했더니 건축가 김진애가 올레라는 말을 추천했다고 한다. "제주 올래"라는 말장난도 부릴 수 있고, 길이 영어로

여행자의 서재

표기되면 질이 되는 것도 고려해서였다. 그런데 올레라는 말이 제주에 있었다. 집 마당에서 마을의 거리로 들고나는 곳이 올레였다.

밀실에서 광장으로 확장되는 변곡점, 소우주인 자기 집에서 우주로 나아가는 최초의 통로가 올레다. 자기네 집 올레를 나서야만 이웃집으로, 마을로, 옆 마을로 나아갈 수 있다. 올레를 죽 이으면 제주뿐만 아니라 지구를 다 돌 수도 있다. 제주를 걷는 길에 딱 들어맞는 이름이었다.

바리데기 이야기는 버림받은 이가 세상을 구한다고 말한다. 서명숙의 올레길 이야기는 떠나 방황한 이가 고향을 새롭게 발견한다고 말해준다. 대부분 사람에게 고향은 떠나야 할 곳이었다. 다른 삶을 살고 싶지 않은 이가 어디 있겠는가. 그러나 숱한 사람들은 그것이 어리석은 판단이었다며 후회하게 마련이다. 나를 낳아

걷는 길 위에 고독과 행복이 동시에 있다

주고 키워주고 먹여주고 재워준 곳이 얼마나 아늑하고 안락한지 뒤늦게 깨닫게 마련이다. 올레길을 만들며 그이는 눈물 날 정도로 아름다운 제주를 재발견하며 일반적인 어법과 다른 말을 내뱉는다. 흔히 우리는 '전생에 무슨 죄를 지었기에'를 운운한다. 그런데 그이는 그렇게 말하지 않는다. "전생에 무슨 복을 지었기에 이런 곳에서 나고 자란 걸까"라고 하니, 고향 예찬으로 이만한 말을 찾

지 못하리라. 그이의 말대로 "어쩌면 이곳에 부재했기에, 다른 세상을 떠돌았기에, 이곳의 아름다움에 눈뜨게 되었는지도 모른다." 고향을 떠나 부대끼고 휩쓸리며 살았기에 놀멍, 쉬멍, 걸으멍 가는 길, 그러니까 "지친 영혼에게 세상의 짐을 잠시 부려놓도록 위안과 안식을 주는 길"을 닦았는지 모른다.

우리의 삶은 늘 혁명을 꿈꾼다. 이미 낡았고 해어졌고 부러져

걷는 길 위에 고독과 행복이 동시에 있다

있다. 그저 이를 악물고 버티고 있을 뿐이다. 거죽은 축 늘어지고 눈은 퀭해진 자화상. 어찌 이대로 계속 살아야만 하겠는가. 다시 곧추세워야 한다. 다시 충만하게 해야 한다. 다시 활기 넘치게 해야 한다. 그러기 위해서는 버려야 한다. 속도에 대한 미련을, 성과에 대한 집착을, 물질에 대한 애착을. 길 위에 서야 삶의 혁명이 시작된다. 걸으면 보인다, 자연과 내가. 걸으면 용서된다, 미운 이들과 내가. 걸으면 화해한다, 가족과 나와. 걷는 것은 낡은 허물을 벗고 새살을 입는 것과 같다.

제주 올레길에 서면, 혁명의 가치를 안다. 내가 바뀌지 않는 사회혁명이 무슨 소용 있겠는가. 나를 바꾸었는데 어찌 사회를 바꿀 수 없겠는가. 나부터 비롯하는 혁명을 꿈꾸는 이라면, 제주 올레길 걷기부터 시작할 일이다.

산길을 걸으며 철학자가 되어 보라

나를 부르는 숲 • 빌 브라이슨 지음

이 사람, 보통 재간꾼이 아니다. 거의 모든 것의 역사를 다 아는 듯 뽐내더니, 이제는 거의 사소한 것의 역사마저 써버렸다. 이 정도면 모르는 게 없는, 그야말로 박람강기의 표본이다. 우리말로 옮기면서 지은이를 일러 발칙하다느니, 가장 재미있다느니, 도발적이다느니 하면서 설레발 치는 것이 그리 과장되지 않아 보인다. 미국 태생이면서 20년 가까이 영국에서 저널리스트로 활동한 일도 특이한데, 여행서도 흥미롭게 잘 써낸다. 재주 많고 날렵하게 글 잘 쓰면 어딘가 사람이 가벼워 보일 터. 그러니 그가 쓴 기행문은 휘발성 강한 책이라 여길 만하다. 하지만, 이런 생각은 어디까지나 착각이자 편견이다.

걷는 길 위에 고독과 행복이 동시에 있다

이 사람, 미국 해안을 따라 솟아있는 애팔래치아산맥 종주에 도전했더랬다. 총길이가 3360킬로미터에 이른다. 조지아 주에서 용틀임해 메인 주에서 꼬리를 내리는데, 합치면 14개 주를 관통한다. 해발 1500미터가 넘는 봉우리는 자그마치 350개나 되고, 적어도 5개월을 걸어야 완주할 수 있다. 누가 세어 보았는지 알 수는 없으나, 500만 번 걸음을 내디뎌야 한다고 한다. 그 사람이 누구냐 하면, 빌 브라이슨이다.

누가 보아도 대단한 도전이다. 그런데 시작은 믿기지 않을 정도로 사소했다. 영국생활을 정리하고 자리 잡은 곳이 뉴햄프셔 주의 작은 마을이었다. 그 성격에 낯선 곳이라 해서 방안에 틀어박혀 있을 리 없다. 이곳저곳 들쑤시며 다녔으리라. 그러다 마침내 보고 말았다, 마을 끝에서 숲으로 사라져 버리는 길을. 본디 이런 길이 호기심에 불을 댕기는 법이다. 설렘과 두려움, 그리고 모험심으로 따라 들어가면, 두 눈을 휘둥그레지게 만들고 말 그 무엇이 있으리라 믿게 하니까. 진짜, 그랬다. 따라 들어가 보니, 표지판이 있었다. 그 유명짜한 애팔래치아 트레일이라는. 이렇게 짐작해보자. 뒷산으로 사라져가는 뱀 꼬리 같은 길을 따라 올라가니 북한산 가는 길이라 쓰여 있다면 어떠했을까, 라고. 그 정도만 해도 가슴 설레는데, 지난 반세기 동안 4000명 정도만 종주에 성공했다는 트

여행자의 서재

레일 코스라 하면 가슴 뜨거워지게 마련이다. 이렇게 되면 그 다음 반응은 뻔하다. 가야 하는 이유를 억지로 만들기.

애팔래치아 트레일 도전기를 담은 《나를 부르는 숲》을 보면 조급한 마음에 대한 이유가 나온다. 게을러 터졌던 수년간의 생활을 바로잡을 기회가 되리라, 오랜만에 조국의 아름다움에 몰입하는 것은 흥미롭기도 하거니와 명분도 있으리라, 거친 자연 속에서 자신을 지킬 줄 아는 것도 유용한 일이리라. 이걸로 설득할 수 없다면 좀 더 공익적인 가치를 내세우면 되는 법. 지구온난화 때문에 머잖아 애팔래치아산맥의 남쪽 숲은 사바나로 바뀌게 된다. 이 산맥의 독특한 아름다움을 경험하려면 지금이 적기다. 이 정도면 아무도 못 말린다.

그래서 가려고 했다, 그 숲으로. 제일 무서운 건 곰이다. 이 길과 관련된 책이나 언론은 곰 이야기로 가득하다. 죽었다, 물렸다, 찢겼다 하니 겁나지 않을 도리가 없다. 가다가 다치거나 쓰러져도 문제다. 누군가의 도움을 받기에는 너무나 문명세계와 동떨어진 곳이다. 같이 가면 된다. 수소문했더니, 고향친구가 '콜'했다. 하필이면 카츠, 라고 생각한 것은 아내다. 알코올 중독에 마약 중독 경력도 있다. 유럽여행 같이 간 적 있는데, 그때 경험을 기록한 책에 별로 좋지 않게 묘사해놓았다. 그래도 가기로 했다. 짐이 될 리는 없

걷는 길 위에 고독과 행복이 동시에 있다

다고 여겼으나 아뿔싸, 처음부터 짐이 되었다는 이야기는 책을 읽어가다 보면 나온다. 그럼, 끝은? 멱살잡이까지 했고 하마터면 큰일 날 뻔한 일도 벌어졌다. 그래도 후회하지는 않았다. 모든 여행이 그러하듯 티격태격하면서 마음의 문이 열리고 이해하는 법이니까. 그래 잘했다, 브라이슨! 자신도 사람 되고 친구도 사람 되는 길을 갔으니.

1996년 3월 9일, 떠났다. 처음부터 삐걱거렸다. "곧바로 고통을 느끼기 시작"했고, "봉우리를 향해 30미터쯤 갔을까, 눈알이 튀어나오고 질식할 것처럼 숨이 막혀서 멈춰섰다." 카츠는? 이미 공항에서 만났을 때 알아보았다. 그 몸으로 산행을 나서는 것 자체가 놀라운 의지의 표상이었다. 어처구니없는 일은 카츠가 무겁다고 먹을거리를 죄다 버렸다는 사실. 계획대로 되는 일은 없었다. 하긴, 우리네 인생사도 그런데, 하물며 산행이야 말해 무엇 하랴.

원시의 기운을 가득 품은 숲을 지날 적에는 어떠했을까? 지겹도록 숲을 헤쳐나가야 했던 그는 숲의 정령이 안겨주는 묘한 기운을 정확히 써냈다. 그의 말대로 숲은 거대하면서도 특징 없고 방향감각을 잃게 한다. 그러다 보니 "숲에서는 곧잘 놀라게 된다." 녹색의 친위대에 점령당한 숲은 불길한 것, 두려운 것, 불편한 것들로 그득하다. 숲은 그 품에 있는 사람을 "왜소하고 혼란스럽고 취약하게" 만든다.

물론, 불길하고 부정적인 것만 있는 것은 아니다. "심지어 대낮에도 숲은 고독의 위대한 공급처"다. 왜 아니 그러겠는가. 산행을 하다보면 동행이 있더라도 고독감을 느낀다. 자신만의 문제를 곱씹으며 새로운 길을 모색한다. 그러니 세상사에 지칠 때마다 산에 가게 마련이다. 그는, 역시 영민하다. 그 고독감이 단순한 행동을 하면서 얻어진 것이라는 점(생각해보라. 종주하면서 할 일이 무엇이겠는가. 걷고 마시고 먹고 자고, 다시 걷고 마시고 먹고 잘 뿐일 테니)을 알아챘으니 말이다. 그런데 이 단순성은 위대하다. 그저 익숙한 것, 편한 것, 낯익은 것들에서 벗어났을 뿐인데, 어느덧 "투쟁의 자리에서 멀리 떨어진 고요한 권태의 시간과 장소에 놓인 존재"가 되어버렸다.

잠깐, 진도 더 나가기 전에 애팔래치아 트레일을 닦고 지켜온 미국 사람들을 부러워하고 칭찬하자. 이 길을 닦는데 어찌 흥미로운 사연이 없었겠는가. 구상은 매카이가 했고, 자원봉사자를 이끌

걷는 길 위에 고독과 행복이 동시에 있다

고 건설한 이는 애브리였다. 두 사람은 견해가 달라 서로 등졌다. 공식적으로 완성된 것은 1937년 8월 14일. "이 업적을 보도한 신문은 한 군데도 없었다. 대역사의 완성을 기리는 공식행사도 없었다." 그렇지만 브라이슨의 말대로 미국식 기준에 따르면 이 길은 "믿을 수 없을 만큼 명예로운 것"이다. 가장 험해서, 가장 길어서가 아니다. 그 면류관은 이미 쓸 수 없다. 그럼, 왜 일까?

미국에 있는 어떤 것도 그보다 오래가지 않는다. 상품이나 사업도 끊임없이 스스로 개조하지 않으며 더 크고, 새롭고, 그리고 거의 항상 더 추한 것에 의해 잠식당하고, 버림 받고, 밀려나고 만다. 그래서 오래된 애팔래치아 트레일이 좋은 것이다. 60년이 지나서도 조용히 숨 쉬면서, 잘난 체하지 않으면서 찬란하고, 창설정신에 충실하면서 세계가 빠르게 변하고 있다는 것을 다행히도 의식하지 않는 채 버티어 오지 않았는가, 그건 정말 기적이다.

어느덧 우리도 미국식을 따르고 있다. 새로운 것이면 값지다고 치켜세운다. 허물고 파헤치고 다시 까는 일이 발전이라 여겨왔다. 버티고 지키고 늘 그러한 것은 눈을 씻고 찾아보려야 찾아볼 수 없다. 물어보자. 우리한테 애팔래치아 트레일이 있는지. 미국식 그

여행자의 서재

리 좋아하면서 왜 이런 것은 따라하지 않았을까? 만시지탄이나, 올레길, 둘레길 생겨났으니 위안 삼을 수밖에.

그렇다고 애팔래치아 트레일을 마냥 칭찬할 일은 아니다. 끝도 없이 펼쳐진 산길을 마냥 걷기만 하는 것이 무슨 재미 있겠는가. 벗어나 있는 것만이 능사가 아니란 말이다. 사람 사는 곳을 감싸 돌아야 한다. 물러났다 끌어안았다 다시 빠져나가야 한다. 이런 길이 정말 살아 있는 길이요, 이야기가 있는 길이다. 브라이슨이 일침을 놓는다.

물론 나도 안다. 애팔래치아 트레일이 자연 그대로를 경험하기 위한 것이고, 그렇지 못하다면 매우 비극적일 수 있는 수많은 지역이 있다는 걸. 하지만 여기처럼 애팔래치아 트레일 콘퍼런스는 인간세계와의 접촉을 극히 싫어하는 듯하다. 개인적으로 나는 침묵의 인간세계로부터 보호된 복도를 걷기보다는 작은 부락을 관통하고 농장을 지나치면서 걷는 게 더 기분이 좋다.

맞는 말이다. 그래서 기분 좋다. 반면교사로 삼은 것일까. 우리의 올레길이나 둘레길은 마을을 지나고 사람을 만날 수 있으니 말이다. 남의 것 무조건 부러워하지는 말자. 비록 늦었지만 잘 닦으

걷는 길 위에 고독과 행복이 동시에 있다

모든 여행과 산행이 그러한 법. 내가 가는 듯하지만,
실은 불러서 갔을 뿐. 그래서 자연의
"온화한 힘에 대해 깊은 존경"을 느끼고,
"세계의 웅장한 규모를 이해"하며,
"전에는 있는 줄 몰랐던 인내심과 용기"를 발견하면 되는 법.

면 된다.

이 사람, 그러면 애팔래치아 트레일을 완주했을까? 산전, 수전, 공중전 다 겪으며 지칠 대로 지친 모양이다. 등산화를 창고에 처박아두기로 했다. 다 하지 못했으니 꾸중하고 조롱하고 싶은가? 책 읽으면 그런 마음은 도통 들지 않는다. 그가 우여곡절 끝에 주파한 거리는 1392킬로미터, 전체 길이에 반 조금 못 미친다. 별거 아니다 싶겠지만, 뉴욕에서 시카고까지 거리보다 조금 더 길다. 이 정도면 박수 쳐주어야 한다. 떠나기로 하고 등산용품점에 가서 이런저런 해프닝 저지르던 사람이, 온갖 어려움 이겨내고 이 정도 걸었으면 엄청난 일이다. 동행했던 카츠의 말대로 "눈 속에서도, 뜨거운 태양 아래서도. 남부에서도 걸었고 북부에서도 걸었어. 내 발에 피가 나도록 걸었어." 그거면 되지 않는가. 어찌 반드시 달성해야 할 목표가 있어 걸었겠으며, 꼭 어디까지 가려 해서 걸었겠는가.

이해한다. 브라이슨이 한 말을. 그는 "트레일이 지겨웠지만 여전히 이상하게도 그것의 노예가 됐고, 지루하고 힘든 일인 줄 알았지만 불가항력적이었으며, 끝없이 펼쳐진 숲에 신물이 났지만 그들의 광대무변함에 매혹됐다. 나는 그만두고 싶었지만, 끊임없이 되풀이하고 싶기도 했다"고 고백했다. 모든 여행과 산행이 그러한

걷는 길 위에 고독과 행복이 동시에 있다

법. 내가 가는 듯하지만, 실은 불러서 갔을 뿐(책 제목 우습게 보아서는 안 된다). 그래서 자연의 "온화한 힘에 대해 깊은 존경"을 느끼고, "세계의 웅장한 규모를 이해"하며, "전에는 있는 줄 몰랐던 인내심과 용기"를 발견하면 되는 법. 그것이 어느 길이든 우리가 떠나야 하는 이유가 여기에 다 담겼다. 숲이 호명하면, 응답하시길. 우리가 거듭날 절호의 기회렷다!

여행자의 서재

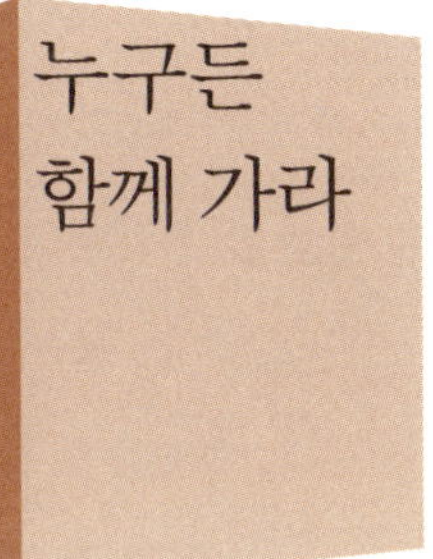

바람이 우리를 데려다주겠지 •오소희 지음

십수 년 전 한 시인이 쓴 에세이가 떠올랐다. 지금처럼 외국여행이 자유롭지 않을 때였다. 귀한 기회를 잡아 외국에 나갔다가 큰 충격을 받았단다. 여행에 나선 외국인 가운데 아이를 데리고 온 사람이 많아서였다. 스스로 걸을 정도만 되어도 이해하겠는데, 돌이나 지났을까 싶은 아이들도 많이 보았단다. 그러면서 그이는 외국인들의 여행 태도를 높이 평가했다. 어렸을 때부터 두루 보고 듣게 해주는 것이 다른 무엇보다 아이가 살아가는 데 큰 자양분이 될 거라며. 그 글을 읽으며 고개를 주억거렸다. 어린아이가 무엇을 이해하고 어떤 가치가 있는지 깨닫겠느냐는, 그러니까 투자 대비 효과가 얼마나 있겠느냐는 생각은 그야말로 어리석기 짝이 없는

걷는 길 위에 고독과 행복이 동시에 있다

물음이다. 아무것도 기대하지 않고, 아이와 함께 있고 이국 풍경을 같이 즐기는 것의 기쁨에 만족하는 것만으로도 행복하지 않겠는가. 훗날 그것이 어떤 효과를 불러오는지와 상관없이 말이다.

외국여행이 빈번해지면서 자녀와 떠나는 이들을 흔히 볼 수 있다. 여행문화가 바뀐 셈이다. 그럼에도 어린아이를 데리고 여행 떠나는 이들을 보기는 쉽지 않다. 고생할 것이 불을 보듯 뻔한데, 누가 그런 짓을 저지르겠는가. 간혹 있더라도 부부가 함께하는 여행이기 십상이다. 남자가 태우고 업고 하면서 여행 다닐 각오를 한다면, 가능한 일이다. 그런데 세 살배기 아들을 데리고 터키 여행을 다녀온 여성이 있다. 남편과 동행하고 싶은 마음이야 굴뚝같았다. 그렇지만 이 나라에서 밥벌이 하는 가장이 직장을 한 달이나 비우고 여행을 다녀올 수는 없는 법이다. 그래서 둘만 가기로 했다. 결심한 여성도 대단하지만, 동의해준 남성도 정말 통 크다. 남자 처지에서 보자면, 걱정이 이만저만 아닐 터다. 낯선 곳에서 어린아이를 동양여자가 데리고 다니며 여행한다는 것은 보통 어려운 일이 아니잖은가. 더욱이 한 달이나 홀아비생활을 견디는 것도 만만찮은 일이다. 그러니, 이 부부가 대단하다 하지 않을 수 없다. 가게 해주었고, 갔고, 거기서 비로소 깨달은 것들을 기록했다. 오소희가 쓴《바람이 우리를 데려다주겠지》가 바로 그 책이다.

여행자의 서재

그냥 극성이라 해두자. 기회 닿는 대로 아이와 여행을 떠나려고 10년 된 고물자동차도 바꾸지 않고 여행적금을 들었다. 예행연습 삼아 비가 오나 눈이 오나 상관하지 않고 어린아이 손잡고 골목을 탐험했다. 호기심도 키우고 걷는 것의 즐거움도 일찌감치 알려주고 싶어서였을 테다. 집에서 우리말과 영어를 함께 썼단다. 엄마가 영어를 능숙하게 하는 편이라 가능했다. 주변의 걱정이야 말해 무엇 하랴. 그러다 두 나라 말 다 못한다는 잔소리를 숱하게 들었다. 참, 희한한 엄마다. 애들에게 혀 수술까지 해주면서 영어 가르치는 이야기야 익히 들었다. 그런데 같은 조기 교육이라도 목표가 다르다. 취업이나 승진을 위해서 일찌감치 영어를 가르쳐 준 것이 아니라 "더 넓은 세상의 많은 것들과 소통하는 기쁨"을 누리게 해주기 위해서였다. 책을 보면 아들 중빈이 영어로 대화하는 장면이 자주 나온다. 여행할 때 도움이 되는 것은 당연하다. 하여튼 특이한 엄마다.

이 기행문에는 터키의 역사와 문화, 그리고 관광지에 대한 이야기가 나온다. 여행지에서 겪는 행운 같은 일과 불쾌한 일도 기록되어 있다. 그리고 멀리 돌아 나와야 비로소 깨닫게 되는 삶에 대한 이야기도 있다. 그런데 이런 내용은 눈에 잘 들어오지 않는다. 읽다 보면 아이와 여행하며 겪는 여러 이야기에만 반응하게 된다. 어

걷는 길 위에 고독과 행복이 동시에 있다

찌 나만 그러겠는가. 이 책을 이미 읽은 이나 앞으로 읽을 이도 마찬가지일 터. 글쓴이에 대한 정보가 없어 함부로 예단할 수는 없으나, 그이는 전문직에 종사했을 것으로 보인다. 그리고 결혼과 출산, 육아 과정에서 희생할 수밖에 없는 상황이 여럿 있었으리라. 그렇다면 그이는 자신의 삶을 후회하고 억울해 할까. 통속적으로 예측한다면, 그러리라 보는 사람도 있을 수 있다. 그러나 그렇지 않다. 그이는 출산과 육아, 그리고 여행을 통해 자신이 성숙해지고 있음을 솔직히 고백한다. 읽다 보면 마음에 온기가 도는 책이다.

각오하고 떠난 여행이지만 어찌 갈등이 없겠는가. 초장부터 한숨이 나온다. 친구랑 여행 떠나도 다투기 일쑤다. 그런데 함께하는 녀석이 고작 세 살짜리 아들이다. 걸음걸이도 짧고 느린 데다 먹을 거리에 투정 부리고 엄마와 관심이 달라 티격태격할 수밖에 없는 나이다. 이스탄불에 도착해 톱 카프 궁전을 둘러볼 예정이었다. 하지만 아들은 궁전에 관심 없다. 시도때도 없이 지나가는 트램만 즐겨보고 더운 날씨에 지쳤는지 졸려 한다. 입이 짧아 샌드위치로는 끼니를 때울 수 없다. 식당에서 거금 주고 밥을 사먹어야 한다. 이래저래 예상대로 일이 진행되지 않는다. 코앞에 있는 궁전에는 가보지도 못하고 졸린다고 칭얼대는 아이를 재워야 한다. 그러니 입밖으로 나오는 외마디가 "우씨!"일 수밖에.

여행 하며 확실하게 확인한다. 자신과 아이는 서로 다른 것을 보고 싶어 한다는 사실을. 그림을 보고 있을 때 아이는 개미를 보고 있었다. 해협의 별장을 쳐다볼 때 아이는 그곳을 스쳐가는 기차를 눈여겨보았다. 톱 카프 궁전에서 일찌감치 확인했다. 전시실을 한번 둘러보고는 정원으로 달려나갔다. 꽃을 보고 개미와 지렁이랑 놀고 싶어 한다. 정말, 대단한 방문객이다. 이곳을 찾은 누구도 관심 기울이지 않았을 미물에 마음을 빼앗겼으니. 어른의 눈은 자꾸 죽은 자들의 흔적을 따라간다. 하나, 아이는 지금 이곳에서 벌어지는 삶의 에너지에 환호한다. 과연 누가 더 현명할까? 그이는 말한다.

아이의 보폭은 좁고 일정은 늘어졌지만 아이는 그렇게 걷지 않았으면 결코 보지 못했을 것들을 내게 보여주었다. 그것들은 모두

걷는 길 위에 고독과 행복이 동시에 있다

여행하며 그이는 고백한다. 자신은 본디 낯선 이에게 다정하게 구는 사람이 아니었다고. 불필요하다 싶은 시선이나 말이나 미소를 아꼈다. 그런데 터키 사람들이 아이를 귀여워하고 친절을 베풀어주니 그럴 때마다 미소 지으며 인사했다. 그게 아이 키우며 변한 덕이 아니겠는가 한다. "아이를 키운다는 것은 고마움을 배운다는 것과 동의어"라는 사실을 알게 돼서다. 왜 아니겠는가. 꽃 한 송이를 피우기 위해서도 여러 손길이 필요하다. 한 생명을 낳고 키우는 데 어찌 어미 손길만 있었겠는가. 새로운 세대에 대한 무한한 신뢰와 사랑, 그리고 조건 없는 헌신이 숱하게 따랐으리라. 그러니 너그러워질 수밖에. 그리하면 감사하게 되는 법. 여기서 그치지 않는다. 이제는 자신이 얼마나 많은 미소와 손길과 보살핌 속에서 자라났는지 되돌아보게 된다. 아이를 낳고 키우기 전에는 상처와 얼룩에 대한 기억을 떠올렸다면, 이제는 사랑받은 기억을 회상하며 화해와 치유의 시간을 보낸다. 아이를 키운다고? 아마 잘못된 말인 듯싶다. 키운다고 여기는 이가 그 과정에서 더 성장하고 성숙해진다고 해야 맞는 말일 성싶다.

그이가 자주 듣는 질문이 무엇인지 짐작할 터다. 어린애를 데리

일상이라는 늪에 빠져 허우적거리면서도
여행은 불가능하다고 여기는
이들이 한번쯤 그이처럼 생각해보길.
다 버리고 떠나는 것만 여행이 아니라,
함께하는 이가 있을 때
더 가치 있는 여행일 수 있다는 점을.

고 여행하는 것이 어떠냐는 질문을 질리도록 들었다. 그이의 대답은 시원하다. 뜻 안 맞는 어른보다 낫단다. 말다툼도 없고 서로 싫어지지도 않으니 더 좋다. 비유하자면 죽은 잘 맞으나 몸이 좀 안 따라주는 친구와 함께 다니는 기분이라고 대답한다. 그이의 생각은 단순하다. 일반적인 예상과 달리 용감해서 감행하는 바는 아니라고 한다. 어차피 집에 있어도 아이와 24시간을 함께해야 한다. 집안에만 있는 것이 아니라 아이랑 여기저기 돌아다니기 일쑤다. 그런데 왜 여행은 함께 못하느냐는 말이다. 사람들이 'why'라 물을 때 자신은 'why not'이라고 생각했을 뿐이다. 일상이라는 늪에 빠져 허우적거리면서도 여행은 불가능하다고 여기는 이들이 한번쯤 그이처럼 생각해보길. 다 버리고 떠나는 것만 여행이 아니라, 함께하는 이가 있을 때 더 가치 있는 여행일 수 있다는 점을.

그이는 초인이 아니었다. 남자의 도움 없이 한 달가량 터키를 여행하면서 힘들지 않았을 리 없다. 시간이 지날수록 지쳐간 것은 당연하다. 그이가 말했듯 다른 곳으로 옮겨가거나 잠자리가 바뀌는 것만으로도 피곤하기 마련이다. 그런데 어린아이와 함께하면 피곤은 몇 곱절로 늘어난다. 새로 도착한 곳의 낯선 매력이 다시 힘을 북돋아주지만, 그것도 늘 지연되어 느끼게 된다고 말한다. 모성의 힘이 아니고서는 불가능한 일인지 모르겠다. 삶이란 결국에는 혼자 여행길에 나서는 것과 다를 바 없는 법. 엄마와 함께 떠나는 여행이 그 인생길에 대한 사전답사이기를 바라는 마음이 없다면 애초에 꿈도 꾸지 못했을지 모른다. 아직 어려 알지 못할, 그러나 언젠가 이 여행에서 뿌려진 씨앗이 싹터 아이가 깨달으면 하는 것이 있으니, 감동하며 읽지 않을 수 없다.

아들아, 세상에는 유희가 생략된 유년을 보내야 하는 아이들도 있단다. 따스함과 보살핌을 받지 못하는 아이들이 있단다. 네게는 세 살부터 시작된 이런 여행이, 한평생을 다해 노력해도 이룰 수 없는 사치가 되는 사람들이 많이 많이 있단다. 나는 네가 그런 사람들을 부단히 많이 보아서, 끝없는 속도전에서 비롯되는 초조와 이기심으로 차갑게 마음이 식어버렸을 때마다 스스로 발광하는 태양처럼, 스스로 네 마음을 뜨뜻하게 덥힐 수 있기를 바란다. 가진 것을 느끼고, 가진 것에 감사하고, 감사한 마음으로부터 나누고, 함께함으로써 더 많이 채울 수 있기를 바란다. 그렇게 웅숭깊은 사람으로 자라주렴. 네가 살아있는 한 온 세상이 너의 것이다. 몸과 마음을 담그고 느끼거라. 그 안에 네가 안아줄, 너를 안아줄 모든 것이 다 한데 어우러져 있단다.

걷는 길 위에 고독과 행복이 동시에 있다

돌아오는 비행기를 타고 나자 안쓰러운 마음이 들었단다. 어린 아이를 다그쳐가며 여행한 것이 미안하기도 하고 잘 따라줘 고맙기도 했으리라. 사랑하는 마음으로 아이를 안아주자, 이 녀석 어른스러운 말을 한다. "엄마, 그동안 잘해줘서 고마워…." 그건 그거고 이 모자, 정말 대단하다. 터키 다녀온 다음 해, 사막을 보러 함께 아랍으로 떠났단다.

여행자의 서재

걸어라, 아주 천천히

비우고 채우는 즐거움, 절집 숲 • 전영우 지음

영락없는 책상물림인지라 영적인 감흥마저 불러일으키는 거대한 나무를 볼라치면 엘리아데가 《종교사 개론》에서 한 말이 한 편의 시처럼 떠오른다.

나무가 성스러운 힘을 담고 있다면, 그것은 나무가 수직이며 자라나서 그 잎을 잃어버리고 또다시 회생시키기 때문이며, 따라서 나무는 몇 번이고 무한히 재생하기(죽고 소생함으로써) 때문이며, 유액乳液을 가지고 있기 때문이다.

푸른 잎으로 하늘을 가린 나무를 바라보고 있으려면 어떤 거룩

걷는 길 위에 고독과 행복이 동시에 있다

속세의 속도를 버리고 아주 게으른 걸음으로 그 길을 걷는
이들에게 숲은 신성의 한 가닥을 엿보게 해준다. 걸어본 이들은 알리라.
절집에 이르기 전에 숲에서 이미 우리는 변하고 있음을.

한 기운을 느끼지 않을 수 없다. 물론 엘리아데는 형태나 양상 때문에 나무가 거룩한 것은 아니라고 손사래 친다. 나무를 통해 거룩한 것이 드러났을 적에 그 나무가 거룩해진다는 뜻이다. 신화로 보면 그의 말이 맞다. 그러나 어쩌랴. 그저 거기에 있는 것만으로 어떤 상징성을 띠고 있는 것으로 보이니. 앞에 인용한 구절을 볼라치면, 엘리아데도 그런 일반인들의 심정을 기꺼이 인정하고 있다고 할 수 있을 성싶다.

나무의 거대한 뿌리는 우리가 알 수 없는 심연과 연결돼 있다. 우리가 다다를 수 없는 세계, 혹은 두려운 세계와 소통하는 나무는, 거기서 오히려 자양분을 끌어올려 자신을 키워나간다. 올곧게 쪽 뻗은 줄기는 지상과 관련돼 있음을 상징한다. 하늘을 향해 있는 힘껏 기지개를 켜는 형상은 천상과의 연결을 뜻한다. 나무는 그 모습 자체로 삼계三界와 소통한다. 그러니, 우리 앞에 떡 버티고 있는 나무를 보면 저절로 경배의식이 솟아나는 법. 실로, 나무 앞에 서면 머리 조아리고 치성을 드려야 마땅하다.

그 신성한 나무를 떼로 만날 수 있는 곳이 있으니, 절집에 이르는 길에 펼쳐진 숲이다. 이 나라의 절집에는 길든 짧든 숲길이 있고, 그곳을 찾는 이들에게 신성한 기운을 느끼게 해준다. 물론, 그 길을 문명의 이기를 이용해 쏜살같이 지나가는 이에게는 해당사

항이 없다. 속세의 속도를 버리고 아주 게으른 걸음으로 그 길을 걷는 이들에게 숲은 신성의 한 가닥을 엿보게 해준다. 걸어본 이들은 알리라. 절집에 이르기 전에 숲에서 이미 우리는 변하고 있음을. 그 절집 숲에 대한 이야기를 가득 담은 책이 있다. 오랫동안 나무 이야기를 전해준 전영우 교수가 쓴 《비우고 채우는 즐거움, 절집 숲》이다. 절 이야기를 해준 책은 숱하게 보아왔건만, 절집 숲에 대해서만 이야기한 책은 처음이다. 반갑고 즐겁고 기쁘고 감사한 마음으로 한달음에 읽어볼 만하다.

그의 지적대로 절집 숲은 여러 기능을 맡아왔다. 그 하나는 일종의 점이지대漸移地帶 역할이다. 속俗에서 성聖으로 넘어오는 징검다리인 셈이다. 두 번째는 수행과 명상 같은 수도공간이면서 구황식량과 땔감 따위를 제공하는 생산 공간 역할을 해왔다. 유사시를 대비한 가람 축조용 목재의 비축기지이기도 했다. 이 가운데 속인들에게 가장 중요한 것은 성속을 가르는 차폐공간이자 명상으로 이끄는 수도공간의 속성이라 할 수 있을 터다. 전영우는 이에 대해 책 들머리에서 다음처럼 말한다.

절집 숲이 명상과 사색을 통해 잊고 살던 자아를 되찾고, 대면하기를 꺼리던 자기 자신을 만날 수 있을 뿐만 아니라 자연과의 소

걷는 길 위에 고독과 행복이 동시에 있다

통과 교감을 통해서 마음의 풍요를 얻을 수 있는 공간으로 활용될 수 있음을 밝히고 있다. 절집 숲에 대한 이런 새로운 기능 제안은 절집 숲이 누구에게나 개방되어 있는 특성 덕분에 가능하다. 이런 개방성 덕분에 절집 숲은 그 숲을 향유하고자 원하는 사람들 사이에 극심한 경쟁을 유발시키지 않는다. 내가 풍광의 아름다움을 즐긴다고 해서 남에게 돌아갈 즐거움이 줄어들지도 않는다. 이런 점이 바로 생태소비, 자연소비의 특성이다. 따라서 덜 소비하고 덜 훼손하며 덜 폐기해야 하는 생태환경의 시대에 절집 숲은 인간과 자연의 상생을 훈련하는 멋진 실습장이 될 수도 있을 것이다

천성이 게으른지라 가본 곳이 얼마나 되겠는가 싶은 심정으로 책을 훑어보았다. 그런데 웬걸, 가본 곳이 많았다. 그때 이런 심정이 들었다. 먼저, 나이 먹었구나 하는 마음. 틈만 나면 봇짐 싸는 스타일이 아니건만, 그저 기회 닿는 대로 다녀왔는데도 가본 곳이 많다는 것은 내 삶의 나이테가 그만큼 늘어났다는 뜻. 다른 하나는, 감당해야 할 현실의 무게를 무척이나 버거워했구나 하는 마음. 위로와 격려 받고 싶은 심정이 그토록 간절하지 않았다면, 절 집 숲을 이토록 찾아다니지는 않았을 터. 정말이지 나는 절에는 관심이 없었고, 그곳에 이르는 곳에 펼쳐진 숲을 갈망했다. 그나마 내

여행자의 서재

가 버텨낸 것은 절 집 앞에서 내 어깨를 쓸어주었던 그 숱한 나무들 덕이었던 모양이다.

지은이가 맨 처음 소개한 숲이 개심사여서 기분 좋았다. 고향에 있는 절집 숲이라 그러하다. 내 삶이 출발부터 일그러졌다는 사실은 고향이라는 낱말에서 어떤 애잔함을 느낀다는 데서 이미 알 수 있다. 탯줄을 묻은 곳이건만, 술 한잔 기울일 벗이 없는 고향이라니, 그게 어찌 진정한 의미의 고향일 수 있겠는가. 누군가에게 출향은 성공의 다른 말이었겠지만 나에게는 근본 없음과 같은 말이다. 그래서 고향에 내려갈 적마다 개심사에 들렀을 터. 그래서 그 숲길을 걸었을 터. 내 안에서 들끓는 설움과 아쉬움을 토닥토닥 달래며 심호흡 했을 터.

개심사 소나무가 굽은 데는 이유가 있단다. 서해안이나 남해안의 인구 밀접지역에서는 소나무로 집을 짓거나 배를 만들었다고 한다. 재목감으로는 역시 줄기가 곧은 소나무가 좋기 마련이다. 생각해보면, 수천 년 동안 곧은 소나무만 벌채해 왔을 터이니 남은 나무는 당연히 굽은 것일 수밖에. 그러니 지금 우리에게 미적 영감을 주는 굽은 소나무는 일종의 형질 나쁜 나무인 셈. 오호라, 굽은 나무가 선산을 지킨다니, 딱 그 경우로구나. 그러니 물을 수밖에. 나는 쓸모 없음에 대한 불안과 고통을 쓸모 있음으로 승화했

걷는 길 위에 고독과 행복이 동시에 있다

냐고. 서둘러 다시 가고 싶다. 그 개심사에.

산에 오르려고 갔던 곳이 있다. 그러다 산에 이르는 숲길에 매혹당한 곳이 있다. 그 숲 덕에 산도 즐겁게 올랐다. 그러다 내려오며 미처 예상하지 못한 숲길에 감동한 곳이 있다. 그래서 그 절집마저 좋아졌던 곳이 있으니, 해인사 숲길이다. 지은이는 일주문에서 봉황문에 이르는 숲길을 걷고 나서 이렇게 말한다.

자연이 연출하는 장대함은 우리 각자의 행동거지를 조심스럽게 만들고 긴장감을 갖게 한다. 또한 인간이 얼마나 왜소하고 보잘것없는 존재인지 확인시켜준다. 그래서 자연스럽게 종교적 감정을 불러일으킨다. 숲이 내뿜는 세월의 무게와 신성한 기운을 직접 체험하면 흐트러진 몸가짐을 바로하고 어지러운 마음을 가라앉힐 수밖에 없다. 별로 길지 않은 이 숲길에서 우리는 어느덧 수도자로 변

다다라야 비로소 바뀌는 법이 아니다. 그곳에 이르는 길 위에 있을 때 이미 바뀌기도 한다. 최치원과 정선이 해인사 숲길에서 노닐었던 것도 그래서였지 않았을까. 그러다 최치원은 홀연 신선이 되어 사라졌다지 않은가. 그럴 수만 있다면, 내 삶의 끝이 그와 같다면 얼마나 행복할꼬. 내가 오른 가야산은 모성의 산이었다. 탁 트여 다 품어주는 곳. 그 품에 안겨 있는 해인사이니 오죽하겠는가. 그 어미의 치맛자락에 해당하는 곳곳에 놀라운 숲길들이 펼쳐져 있다. 숲길을 걸으면 나는 어느새 어미에게 젖 달라고 조르는 철부지 어린아이가 되고 만다.

몇 년 전 지리산에 오르려다 폭우로 도중에 내려온 적이 있었다. 머문 곳이 쌍계사 근방이라 비를 맞으며 그 절집 숲을 거닐었다. 비록 벚꽃이 한창일 적에 가지는 못했지만, 아쉽지는 않았다. 국사암에서 쌍계사에 이르는 짧은 길을 걸었지만, 그때 느낀 감흥은 색달랐다. 이 길이 책에도 나오는데, 내가 갔던 그곳에서 최치원이 노닐었다 한다. 그는 우리가 가야 할 길을 늘 한발 앞서 간 모양이다.

걷는 길 위에 고독과 행복이 동시에 있다

아직 절집 숲을 즐기지 못하는 이라면, 지은이가 통도사 솔숲을 걸으며 한 말을 참고하면 좋을 듯하다. 그는 말한다.

무풍한송 속을 걷는다. 걸음을 옮길 때마다 솔빛이 온몸을 간질인다. 솔향이 온몸을 감싼다. 솔바람이 온몸을 휘감는다. 솔빛과 솔향과 솔바람이 자유자재로 넘나드는 별천지를 걷는다. 느린 걸음으로 천천히 걷는다. 영혼을 씻어내는 황홀한 희열을 느낀다. 통도사 들머리 솔숲은 '걷는' 사람만 누릴 수 있는 축복이자 전율이다. (…) 솔숲을 걷는 일은 막연히 걷는 것과 다르다. 들머리 솔숲 길을 걷는 일은 업장을 벗고 정토에 들어서는 통과의례이며, 고요와 자비와 평화와 청정세계에 진입하는 엄숙한 절차다. 지고지선의 부처님을 모신 절집에 이르는 숲길, 들머리 솔숲 길은 우리의 또 다른 얼굴이다.

나무 이야기로 글을 시작했으니, 나무 이야기로 끝을 맺으련다. 나무에 관한 아름다운 구절 하나 올려놓으니 곱씹어보시길. 나무만 쳐다보고 있어도 삶의 길이 보이는 법이다.

나무는 그 자체로 길이다. 수십, 수백 년 동안 한곳에 머물면서

여행자의 서재

도 길을 만드는 게 나무다. 나무는 억지로 길을 만들지 않는다. 미련스럽게 한곳에 머물러 있는 내공이 곧 길이 된다. 이곳저곳에서 찾는다고 길을 찾을 수 있는 건 아니다. 나무처럼 자신의 자리가 곧 길이라는 것만 깨달으면 길이 보인다.

강판권이 《미술관에 사는 나무들》에서 한 말이다.

걷는 길 위에 고독과 행복이 동시에 있다

간절한 마음으로 사막을 건너라

왕오천축국전 • 혜초 지음

루쉰이 말했다. 길은 가고 나면 열리는 법이라고. 실크로드를 여행하며 그 말을 내내 떠올렸다. 이 사막에 어찌 태초부터 길이 있었겠는가. 긴 세월 사람들이 다녀 길이 열렸을 터다. 그때 나는 사람들의 욕망에 초점을 맞추었다. 더 나은 물질적 삶에 대한 동경과 희구가 이 길을 닦았으리라. 타는 듯한 더위나 맹수의 위협, 그리고 그런 것보다 더 위험했을 산적들이 널려 있었더라도 그들은 이 길을 갔을 터다. 무서운 집념이다. 내가 걷고 있는 길이 바로 그 욕망의 집착이 낳은 결과물이었다. 이기利己의 길이다. 처음에는 그렇게만 생각했다.

둔황을 둘러보며 아직 생각하지 못한 것을 깨달았다. 그 길은 세속적 열망만으로 연 길이 아니었다. 또 다른 열망의 발자국이 길에 새겨져 있었다. 말씀에 대한 갈망. 내게 주어진 삶이 왜 이토록 고통스러운지, 여기서 헤어나오려면 어찌해야 하는지 자신의 존재를 걸고 질문한 이들이 답을 찾아 나섰던 길이다. 그들은 원본에 대한 갈증에 시달렸다. 전해져온 그 분 말씀의 원본을 찾아서, 그 말씀이 가능했던 그 분 삶의 행적이라는 원본을 찾아 상상할 수 없이 멀고 험한 길을 나섰다. 본디 원본이란 근본이기도 한 법. 모든 회의와 방황 그리고 논쟁에 종지부를 찍고 싶었던 것이리라. 그런데 그들은 거기서 얻은 경전을 품에 안고 되돌아왔다. 혼자 구원받으려 하지 않고 뭇 중생을 구제하려 했다. 내가 서 있는 길은 말씀의 길이요, 이타利他의 길이기도 했다.

　나는 전율했다, 그 길 위에서. 우리 삶의 상징이 여기 펼쳐져 있다 여겨서다. 따지고 보면 진정한 삶이란 대립하는 것의 통일이다. 어느 하나에만 참된 가치가 있는 것이 아니라, 팽팽하게 맞서 있는 것들의 변증법적 통일이 진정한 것이라는 말이다. 삶의 비의는 늘 '한 곳'에 있지 않고 '그 사이'에 있다. 우리 삶의 길도 그러하다. 다수는 실크로드를 걷는 삶을 산다. 지겨워하면서 걷기도 하고, 아득바득거리며 걷기도 한다. 이건 무가치한가? 아니다. 이 길이 있어야 나와 가족이 살고 세상이 유지된다. 도덕적으로 비난할 일이

걷는 길 위에 고독과 행복이 동시에 있다

아니다. 무엇이 문제이냐면, 이 길만을 목표로 삼는 데 있다. 극소수가 말씀의 길을 걷는다. 진정한 것의 고갱이를 품고 사는 삶이다. 존경하고 부러워할 삶이다. 그러나 그리 살지 못한다고 콤플렉스를 느낄 일은 아니다. 살아가면서 그 정신과 가치를 실현하는 것도 의미 있다. 나는 그 길 한가운데 서서 두 팔 벌리며 마음속 깊이 외친 바 있다. 진정, 내 삶이 두 길의 한가운데이기를! 이를 다른 말로 번안한다면, 세속의 삶을 버릴 수야 없으나 말씀의 가치를 잊지 않기를, 이 되리라.

거듭 읽어봐도 도통 재미라곤 눈곱만큼도 없는 혜초의 《왕오천축국전》을 읽었다. 이 책, 교과서에서 우리 옛사람이 쓴 가장 오래된 여행서라 배웠겠으나, 무슨 이국 풍물이 흥미롭게 기록된 바도 아니고, 부처님 땅에 가서 비로소 얻은 놀라운 깨달음이 있는 것도 아니다. 한마디로 무미건조하다. 책을 옮기고 풀이를 단 지안 스님의 말대로 "한 지역에서 다른 지역으로 가는 데 걸리는 시간과 방향, 왕의 이름, 언어와 기후, 풍습, 왕이 소유하고 있는 코끼리의 수, 종교적 성향, 불교가 전파된 곳일 경우에는 대승인지 소승인지, 어떻게 행해지고 있는지 등에 대한 지극히 단편적인 기록"에 불과하다. 오죽하면 둔황 막고굴의 장경동에서 발견한 고서뭉치 가운데 앞뒤 잘려나간 한 필사본이 혜초의 것임을 밝힌 펠리오가

《불국기》같은 문학 가치도 없고,《대당서역기》처럼 정밀한 서술도 없다고 평했겠는가. 솟구쳐 오르는 민족애로 분노하지는 말 것. 읽어보면 알겠지만, 다 맞는 말이다.

거기다 틀린 것도 제법 된다. 여행기에 반복해서 인도 지역의 나라들은 죄인을 비교적 관대하게 처벌한다고 나온다. 하지만, 다른 사료에는 법이 매우 엄격하고 형벌이 가혹했다고 나온다. 사냥하지 않는 것으로 나오거나, 도적이 물건만 빼앗고 사람은 해치지 않는다는 대목이나, 노비가 없다거나, 금은이 나지 않는다는 것도 사실과 다르다. 더욱이 이미 힌두교가 널리 퍼졌고 이슬람마저 침투한 상황에서도 당시 인도를 너무 불국토인 양 기록한 것은 사실과 일치하지 않는다. 직접 보고 쓴 것만 있는 게 아니라 전해들은 내용도 포함하고 있어 그럴 수 있고, 여행길에서 깊이 관찰하지 못하고 대략 살펴본 불찰일 수 있고, 오늘 우리가 보는 책이 전문이 아니라 요약본이어서 그럴 수도 있다.

그럼에도 이 책을 감동 없이 읽을 수는 없다. 혜초가 뱃길로 인도 땅에 발을 디딘 것은 723년. 이때부터 4년에 걸쳐 40여 개의 나라를 방문했다. 그가 다녀온 나라는 오늘로 치면 인도, 파키스탄, 아프가니스탄, 이란, 터키, 러시아 등이다. 이거 대단한 일이다. 지금도 이런 순례 쉽지 않다. 당장 경비가 문제다. 혜초가 여행하던

걷는 길 위에 고독과 행복이 동시에 있다

시절은 지금 중동을 여행하는 것과 비슷한 점도 있었다. 이슬람 세력이 인도 지방을 지속적으로 공략하던 차라 정국이 안정되지 못했다. 교통편은 말해 무엇 하리. 아마도 도보여행이 중심이었을 터. 당시 인도 여행이 얼마나 어려웠는지는 다른 자료들이 보여준다. 404년 지맹이 15명과 함께 인도 순례를 떠났다. 인도에 도착했을 때 이미 10명이 희생되었다. 나중에 장안으로 귀환한 이는 지맹과 담참 단 둘뿐이었다. 422년에는 법용이 25명을 이끌고 인도로 갔다 돌아와 보니 살아남은 이는 4명이었다.

목숨을 건 여행이었다. 목숨보다 더 가치 있는 것을 갈구하는 이들이 떠나야 했던 순례였다. 물질의 보상이 있었던 것도 아니다. 그것을 바랐다면, 실크로드로 갔어야 한다. 권력을 잡는 것도 아니다. 영광이 있는 것도 아니다. 그러려면 정치를 해야 했다. 왜 태어났고 어찌 살아야 하며 죽음이 무엇인지 알고 싶어 떠난 여행이었다. 욕정과 열망에서 벗어나 자유로워지고 싶은 이만 결단할 수 있는 순례였다. 그러니 《왕오천축국전》은 문장을 읽어서는 안 된다. 행간을 읽어야 한다. 문장과 문장 사이에 살아 숨 쉬는 간절함을 느껴야 한다. 생각해보라. 언제 우리가 목숨 걸고 여행 가본 적 있는가. 목숨 건 일이 효용 가치가 전혀 없는, 삶의 구원 문제인 적이 있는가. 혜초는 그 길을 갔다. 용케 살아 돌아와 둔황에서 보고 듣고 느낀 바를 적었다. 그 뜨거움에 감동한 누군가가 그 글의 요약본을 만들었을 거고, 다른 이가 그것을 옮겨 적었으리라. 지금 우리가 보는 여행기가 바로 그것이다. 알고 보면, 감동하지 않을 수 없다.

혜초는 꿈을 이루었다. 석가모니의 열반지 구시나국(쿠시나가라), 최초의 설법지 피라날사국(바라나시), 성도지 마하보리사를 두루 둘러보았다. 감격한 혜초, 한 편의 오언시를 읊는다.

보리대탑 멀다지만 걱정 않고 왔으니
녹야원의 길인들 어찌 멀다 하리오.
길이 가파르고 험한 것은 근심되지만
개의치 않고 업풍에 날리리라.
여덟 탑을 보기란 실로 어려운 일
세월에 타서 본래 그대로는 아니지만

걷는 길 위에 고독과 행복이 동시에 있다

꿈은 저절로 이루어지지 않는다. 간절함이 가치 있는 것은, 그것
이 기득^{既得}을 버리고 바라는 바를 이루기 위해 온 힘을 다하게 하
기 때문이다. 말씀에 대한 간절함이 사막과 광야를 건너게 해주었

고, 고원과 산맥을 넘게 해주었다.

　당이 동북아시아에 제국을 이루고 있을 적에 동쪽 변방 신라 출신인 혜초는 왜 그토록 말씀을 갈구했을까. 그 정성이라면, 제국의 핵심에서 자신을 갈고 닦아 입신양명의 길을 갈 수도 있지 않은가. 최치원이 걸었던 바로 그 길 말이다. 하나, 그는 그 길을 가지 않았다. 제국의 중심으로 가는 세속적 열망을 버리고 말씀이라는 보편성의 길을 갔다. 변방에서 살아보았기에 이미 알고 있었나? 제국으로 가는 길이 한낱 부속품에 불과할 뿐이라는 것을. 아니면, 석가모니가 그러했듯 누릴 것 다 누려보아도 절대 해결되지 않는 삶의 화두가 있어 그러했던가. 혜초의 삶에 분명히 두 갈림길이 놓여 있었을 터다. 가기 쉽지 않은 길을 택했다.

혜초는 당대의 세계인이다. 국경을 넘어 자유롭게 순례했다. 개별성의 흔적이야 왜 없었겠는가. 고향을 그리는 시를 남긴 이유가 거기에 있을 터. 그러나 그는 경계 안에 주저앉지 않았다. 경계를 넘어 새로운 가치를 추구했다. 아마도 그것은 그 시절 최고의 학문이었을 터요, 최상의 문화였을 터요, 궁극의 종교였을 터다. 세속의 제국은 중심이 있고 나머지는 종속의 자리에 놓여 있다. 하지만 말씀의 나라는 달랐다. 민족과 계급이 녹아버리고 간절한 이가 얻을 수 있는 참된 것이 있었다. 세속의 제국은 차별하나, 말씀의 나라는 평등했다. 혜초가 꿈꾼 것은 말씀으로 자유로워지고 평등해지는 것이었으리라. 그토록 뜨거운 마음이 아니고서야 어찌 이 놀라운 여행을 했겠는가. 혜초가 처음은 아니다. 그보다 앞서 당에 가서 불교를 공부한 이들이 있고, 인도를 찾아간 이들이 있었다. 혜초는 바로 우리 정신사에서 흔하지 않은 세계성과 보편성을 추구한 지적 계보의 한 상징이다. 그래서 그의 《왕오천축국전》이 값진 것이다.

세상에는 두 개의 길이 있다. 하나는 실크로드이고, 다른 하나는 말씀의 길이다. 우리 삶이 한낱 장사치로 전락할 수야 없는 노릇이다. 물불 안 가리고 돈만 벌면 된다는 식으로 산다면, 우리의 고귀성은 휘발되고 만다. 그렇다고 누구나 다 본토와 아비 집을 버리고 종교인이 될 수는 없다. 거기에 영원한 것이 있으나, 그렇다고 우리의 욕망이 가치 없는 것은 아니다. 그러니, 우리가 서 있어야 할 자리는 마땅하게도 두 길 사이에 있다. 맹목이 되어 하나만 부여잡고 산다면 그것은 파탄일 터. 긴장을 잃지 않고 두 길 사이로 난 작은 길을 걸어가야 한다. 혜초는 묻는다. 과연 그 길을 걷고 있냐고? 지금의 삶이 놓치고 있는 것이 있지 않으냐고? 우리가 배낭 메고 혜초가 걸은 길을 따라가야 비로소 답을 찾을 수 있는 것은 아니다. 혜초가 남긴 문장 사이에서 배어나오는 질문에 민감하게 반응하면 걸어가야 마땅한 삶의 길이 열린다. 기적이란 이런 것을 두고 하는 말이렷다!

3장

사람들
속에서
내 청춘의
길을 찾다

친구를 찾아 떠나라

서른 살의 인생 여행 • 대니 월러스 지음

공자가 자신의 삶을 되돌아보며 서른에 이립而立했다고 말했다. 스스로 섰다고 풀이하니, 온전히 독립한 존재로서 자신의 삶을 펼쳐나가기 시작했다는 뜻이다. 공자의 삶은 동양 남성의 표준으로 오랫동안 교육됐다. 열다섯에 지학志學했다면 서른에는 이립하고 마흔에는 자신이 걸어온 길을 후회하지 않는 불혹不惑의 삶을 살라 했다. 세월이 지났으니, 공자의 말은 유효기간이 끝났을까? 웬걸, 살아보니 그 말이 얼마나 오묘하고 신묘한지 혀를 내두를 정도다. 삶에는 마디가 있는 법이다. 이것이 있어야 우리가 성장한다. 나는 그런 의미에서 아홉수라는 말을 긍정적으로 평가한다. 마디가 지기 전에 겪는 방황과 갈등, 실패와 아픔 등을 가리키는 말이

사람들 속에서 내 청춘의 길을 찾다

라 여겨서다.

되돌아보니, 서른이 되기 직전의 아홉수에 나는 무엇을 했을까. 여전히 세상에 뿌리내리지 못하고 사람들이 알아주지 않는다고 분통을 터트리며 산 듯싶다. 스스로 신천옹이라 여긴 오만은 뒤돌아보면 부끄럽기 짝이 없다. 그래도 기개는 있었다. 되돌릴 수만 있다면 어른이 되고 싶지 않았다. 배 나오는 것도 싫었고 철드는 것도 싫었고 자동차 바꿨다는 소리 하는 것도 싫었고 주식 샀다고 말하기도 싫었다. 나에게 어른은 속물과 같은 뜻이었다. 지금도 기억이 뚜렷하다. 20대의 마지막 날, 밤새워 이상희 시집《잘 가라 내 청춘》을 읽었던 것을. 비록 빛나는 청춘은 아니었지만 아름다웠다. 보호받았고 공부했고 성장했고 싸웠고 사랑했다. 그 시절이 내 손아귀에서 빠져나갈 때, 나는 무척이나 고상하게 송별사를 읊었던 것. 그래, 잘 가라 내 청춘, 이날이 다시 오지 않겠지만 이날이 있어 내가 살아가리라. 고맙다, 내 청춘이라고 혼자 호들갑을 떨었던 셈. 나만 그런 줄 알았다. 그런데 웬걸, 영국의 재치 넘치는 젊은이도 서른이라는 나이를 받아들이기 어려워했다. 대니 월러스라는 이 녀석, 정말 마음에 든다.

《서른 살의 인생 여행》은 유부남이 된 것까지는 좋은데 나이가 서른이 되는 것에는 질겁하는 내용으로 시작한다. '이 친구, 오버

하는 거 아니야'라고 일침 놓지는 말길. 그런 생각 없이 서른 고개를 넘어섰다면 반성해야 한다. 뒤늦게 김광석의 '서른 즈음에'를 부르며 지난 시절을 그리워하는 것은 신파조일 뿐이다. 삶의 한 고개를 넘어서기 전 당황하고 부끄러워하고 저어하는 태도는 바람직하기 짝이 없다. 성찰하고 전망하려는 몸부림이지 않은가. 그러니, 귀엽게 보아주길. 스물아홉에도 컴퓨터 게임을 즐기고 텔레비전에 나가 퀴즈쇼를 진행하는 재치만점의 청년이다. 부인도 전문 분야에서 두각을 나타내고 있다. 우리로 따지면 신혼집을 분당이나 일산에 마련한, 출발이 썩 괜찮은 친구다. 그런데도 서른이 되는 것을 두려워했다. 너무 점잖아지고 편안해지고 안정되는 삶에 익숙해질까봐 안절부절못했다.

일상을 살펴보니 너무 어른스러워지고 있었다. 싫었다. 그런데 한 방 먹는 일이 벌어졌다. 친구 부부가 아이의 대부가 돼달라고 부탁했다. 그때 떠올랐던 세 단어. "대부모! 책임! 어른!" 공자가 말한 이립의 의미를 영국의 한 청년이 온몸으로 깨달았다. 위기감이 들었다. 자신은 여전히 어린애라 생각했다. 아직 내세울 만한 게 없다. 다른 삶을 책임질 만한 형편이 아니라고 여겼다. 한마디로 아직, 준비가 안 되어 있었다. 그러다 어릴 적 소지품이 든 상자에서 친구들의 주소를 적어놓은 수첩을 발견했다. 불현듯 이런 생각

사람들 속에서 내 청춘의 길을 찾다

이 들었다. 다들 어디서 살고 있을까. 뭐가 되어 있을까. 행복할까. 그리고 서른이 되는 것에 어떻게 대처할까 궁금했다. 그러다 일로 알게 된 이의 서른 번째 생일파티에 갔다 나름 깨달음을 얻었다. 내용인즉슨 "20대를 지나 30대에 접어드는 걸 너무도 행복해했다. 그들에겐 그게 흥미진진한 모험처럼 여겨지는 듯했다. 그들 모두가 함께 그 모험에 나서는 듯했다." 이유는? "늘 친구들이 곁에 있으니까. 그와 함께 성장한 친구들. 과거에 그가 비틀거리고 넘어지는 걸 지켜본 친구들. 지금 그의 모습만을 아는 것이 아니라 그가 어떻게 지금의 모습이 되었는지를 아는 친구들"이 있어서. 그래서? 주소록을 갱신한다는 소박한 목표를 내세워 옛 친구들을 직접 찾아나서는 거창한 모험에 나선다. 월러스는 외치고 싶었다. 반갑다, 친구야!

그러니까 《서른 살의 인생 여행》은 열두 명의 초등학생 때 친구

여행자의 서재

들을 찾아 나선 이야기를 흥미진진하게 써놓은 책이라 보면 딱 맞다. 지루할 듯하다고 짐작하진 말길. 앞서 이야기했지만 지은이가 보통내기가 아니다. 재치 넘치고 재주 많고 말솜씨 좋은 녀석이라 한번 손에 잡으면 좀체 책을 내려놓기 어렵게 써댔다. 이리저리 뛰어다니는 지은이를 보고 '페이스북은 두었다가 어디에 써먹을꼬' 하며 냉소하지는 말길. 그렇게 찾은 친구랑 진지하게 지난 삶을 회상하고 우정을 다졌던 적이 있는가를 생각해볼 것. 친구의 소재를 찾는 데는 디지털의 도움을 받지만, 그 다음엔 행동으로 나서야 한다. 찾아가고 만나고 웃고 울고 떠들고 먹고 마셔야 세월의 공백이 메워지는 법이다. 친구란 차갑게 만나는 것이 아니라 뜨겁게 재회해야 제격이다. 그래서 지은이는 동분서주한다. 영국에 있으면 다행이다. 쉬 찾아갈 수 있으니. 이런, 베를린에도 있고 로스앤젤레스에도 있고, 도쿄에도 있다. 당신 같으면 어찌할까? 쉬 포기하게 마련. 그런데 이 친구, 집요하다. 한 녀석이 들려준 말대로 "친구란 비행기를 타고 가서 만날 만한 가치가 있는 존재다"라며 휙휙 날아다닌다. 읽다가 혼자 낄낄대는 것은, 런던에 있어 곧 만날 수 있다 싶어 차일피일 미루다 그 친구가 시드니로 직장을 옮기자, 부랴부랴 오스트레일리아까지 날아가는 대목에서다. 있을 때 잘하란 말은 꼭 이럴 때 써먹으라고 있는 성싶다.

사람들 속에서 내 청춘의 길을 찾다

　친구, 우정, 나이 서른에 대한 인상 깊은 잠언은 아역 스타였다가 지금은 독일을 대표하는 래퍼가 된 타렉이 도맡았다. 지은이의 아버지가 독일에서 교수로 일할 때 같은 반 친구였다. 타렉이 랩을 하듯 쏟아놓는다.

　서른이 된다는 건 묘한 일이야. 난 그게 두렵진 않았어. 하지만 '서른'은 '스물아홉'보다 훨씬 늙은 것처럼 느껴져. 서른이 되면 20대는 가버리는 거야. 독자적인 인간이 되어 가는 그 신나는 10년이 말이야. 그리고 이제 한 인간으로 우뚝 서야 하는데 그럴 준비가 안됐다고 느끼면 겁에 질릴 수 있어. 나도 한편으론 젊음이 그리워. 길에서 열일곱이나 열여덟 살짜리들을 보면 그때의 기분을 알 수 있지. 걱정거리도 없고 태평하고 인생 무서울 게 없고. 하지만 서른 살이 되면 그런 젊음을 잃어버린 것 같아 걱정이 돼. 나도 그래서 옛날 친구들을 찾아봤던 거야. (…) 과거에 매달리는 건 좋은 일이란 거야. 친구들을 기억하지 않으면 자기 인생을 기억하지 않는 거니까. 친구들과 만나 서로 기억을 비교해보면 전체 그림이 그려져. 내가 누구였고, 어땠고, 심지어 지금 왜 이런 모습이 되었는지도 알 수 있어.

김광석의 '서른 즈음에'나 양희은의 '한계령'을
노래방에서 청승맞게 부르는 아홉수들은,
이제 골방을 박차고 나와 여행을 떠나야 한다.
친구 찾아 떠나는 여행 말이다.

지은이보다 한 살 많아 일찌감치 어른이 된다는 것의 홍역을 치른지라 말에 깊이가 있고 울림이 크다. 나도 이런 경험이 있다. 게으른 내가 친구들을 찾아 나설 리는 없다. 사람 좋고 오지랖 넓은 여자 동창이 나를 찾아냈다. 그 덕에 오랫동안 잊고 지냈던 어릴 적 친구들을 떼로 되찾는 기쁨을 만끽했다. 근 삼십 년 만에 만난 친구들이 기억하는 나는, 내가 알고 있는 내가 아니었다. 더 잘 기억하는 친구들이 있다는 것은 삶의 축복이다. 그것은 자궁 가득한 양수의 세계다. 비로소 평안해지고 드디어 안락해지는 기분을 느끼니 말이다.

일이 일사천리로 되지는 않는다. 찾기 어려웠다는 말을 하려고 하는 것은 아니다. 당연히 예상하는 난관이 나오고 이를 잘 풀어나간다. 그 정도로 친구 찾기를 중단할 리는 없다. 그런데 앤디를 찾다 충격적인 소식을 듣게 된다. 그가 열여덟 살 때 교통사고로 죽었다는 것이다. 신났던 월러스, 이제 알았단다. "나는 그것이 위험한 일이기도 했음을 깨달았다. 무턱대고 남의 인생으로 들어가는 건 어리석은 짓이다. 그러다 조만간 결코 알고 싶지 않은 진실을 알게 될 것"이라는 사실을. 친구 찾기를 중단했다. 주변 사람들의 격려가 이어졌다. 특히 아내가 큰 도움이 됐다. 진부한 말 속에 지혜가 담겨 있는 법이다. "인생은 살아가는 거야." 그렇다. 이 말의

여행자의 서재

의미를 알면 어른이 된다. 철부지 월러스, 친구 찾아다니면서 점차 어른 되는 징조가 나타난다. 서른은 그렇게 찾아먹는 것이다. "죽음을 통해 인생에서 중요한 건 사람들임을 깨달았어야 했다." 힘냈다. 다시 친구들을 찾아 나섰다. 때로는 진지하게, 때로는 억지로, 때로는 요절복통하면서. "모두가 그렇다는 걸 알면 걱정이 덜 되지 않나요?"라는 말을 믿고, "가끔은 말이야, 다가올 미래를 마음 편히 맞이하려면 지나간 과거와 만날 필요가 있어"라는 말에 힘을 얻으며.

장하다, 월러스. 마침내 다 만났다. 주소록에 이름이 올랐던 친구들을. 소박한 목표, 그러니까 주소록 갱신에 성공했다. 근데 그에게 이 정도의 소득만 있었겠는가. 당연히 아니다. 그는 이제 이립의 세계에 당당히 발을 디딜 수 있게 됐다. 나이 저절로 먹지 않고, 치열하게 먹어 치웠다. 아홉수가 상징하는 바가 통과의례라면 월러스가 가장 잘 지냈다. 통과의례를 거치고 나면 으레 그러하듯 그는 성장했다. 매듭이 잘 지어진 셈이다. 이 책, 모든 연령대의 아홉수들이 보아야 한다. 권태와 절망, 불안과 고통에 시달리지 말고, 다음 연령대의 삶을 잘 살기 위해 고민하는 시기로 보내야 한다. 특히 김광석의 '서른 즈음에'나 양희은의 '한계령'을 노래방에서 청승맞게 부르는 아홉수들은, 이제 골방을 박차고 나와 여행

사람들 속에서 내 청춘의 길을 찾다

을 떠나야 한다. 친구 찾아 떠나는 여행 말이다. 친구들은 내 삶의 거울이다. 그들을 만나면 내가 보이는 법이다. 바로 거기에 나이 잘 먹는 비법이 있다고 《서른 살의 인생 여행》은 넉살 좋게 말해 준다.

야만과
원시의
땅이라고
무시하지
마라

잠들면 안 돼, 거기 뱀이 있어 • 다니엘 에버렛 지음

아버지는 술주정뱅이였다. 아들이 무얼 보고 배웠겠는가. 한 술 더 떴다. 일찌감치 약물과 마약에 빠져 젊은 날을 탕진했다. 그러다 신앙을 얻었다. 기왕이면 말씀을 땅끝까지 전하고 싶었다. 신학교에 들어가 외국선교를 전공했다. 언어에 남다른 재능이 있다는 점을 발견했다. 사명을 받았다. 아마존의 마이시 강 유역에서 전통을 지키며 사는 피다한 족을 전도하기로 했다. 먼저 브라질에서 포르투갈어를 배우고, 피다한 마을에 가 현지어를 익히기로 했다. 큰 도전이다. 피다한 족 가운데 포르투갈어를 제대로 하는 사람이 없었다. 그야말로 맨땅에 헤딩하기. 이처럼 언어에 집착한 것은 독특한 선교방식 때문이다. 그가 속한 선교회는 선교사의 설교를

사람들 속에서 내 청춘의 길을 찾다

허락하지 않았다. 그 모든 것은 성경을 읽으면 다 이루어진다고 믿었다. 맙소사. 그에게는 피다한 족의 말로 성경을 번역하라는 사명이 주어졌다.

삶의 극적 변화를 겪은 사람에게 두려움은 없다. "방탕한 삶이 아닌 목적이 있는 삶을, 죽음이 아닌 생명을, 절망이 아닌 기쁨을, 두려움이 아닌 믿음을, 지옥이 아닌 천국을 선택할 수 있는 기회를" 베풀고자 나서는 일인데, 신의 가호가 없겠는가. 더욱이 그의 아내는 선교사의 딸로 아마존에서 자라났다. 배우고 익혀서 얼른 번역하면 될 일이었다. 절망이나 비관이라는 낱말이 끼어들 여지가 없었다. 낙관과 희망이라는 말만 어울렸다.

그런데 시험이 닥쳤다. 아내와 딸이 급작스레 고열로 앓으며 이상행동을 했다. 토박이들은 도움을 주지 않았다. 선교본부로 연락할 방법이 없었다. 정기적으로 오는 선교본부의 비행기를 이용하려다 큰일 날 공산이 높았다. 보트를 빌려 병원 있는 곳으로 가야 했다. 뱃길도 모르는데. 시간이 문제였다. 그야말로 산전수전 다 겪으며 길을 찾다 선교사로 해서는 안되는 기도까지 했다. "하나님, 저는 당신을 위해 아마존에 왔습니다. 당신을 찬양하기 위해 또 사람들에게 도움을 주기 위해 가족과 함께 이곳에 왔습니다. 그런데 왜 저를 이런 곤경에 빠뜨리십니까? 기름이 이제 다 떨어져 갑니다. 하나님, 기름이 바닥나 길을 잃고 헤매다 아내가 죽으면 좋겠습니까? 오, 하나님. 도와주십시오"라고. 알고 보니 말라리아였다. 아내는 사경을 헤맸으나, 다행히 둘 다 나았다. 독설에 가까운 기도가 응답을 받은 모양이다.

다니엘 에버렛의 《잠들면 안 돼, 거기 뱀이 있어》는 이렇게 시작한다. 처음부터 읽는 이의 흥미를 돋우는 여행과 모험으로 장식되었다. 그렇다고 이 책을 만만히 봐선 안 된다. 조금 과장한다면 레비스트로스의 《슬픈 열대》에 비견될 만한 문화인류학적 내용이 그득하다. 겉만 훑는 기행문이 아니라 안의 세계를 깊이 들여다본 보고서에 가깝다. 왜 안 그러겠는가. 불타는 사명감을 품고 스물여섯에 피다한 족 마을에 발을 디딘 후, 무려 삼십년 가까이 그들과 살았으니 말이다. 다시 이야기를 앞으로 돌려보자. 말라리라에 걸린 아내와 딸을 데리고 황급히 뱃길에 나섰던 지은이가 그 와중에도 아마존 풍광에 압도되는 장면이 나온다.

나는 주변을 둘러보았다. 세상은 온통 아름다움뿐이었다 (…) 태양은 눈부셨고 바람은 시원했다. 숲은 오늘 따라 푸르고 유난히 정겨워보였다 (…) 아무리 아름답다고 해도 내가 그렇게 생각하지 않으면 자연은 아름답지 않은 것이다. 하지만 제기랄! 자연은 너무나

사람들 속에서 내 청춘의 길을 찾다

아름다웠다. 어딘지 모르는 곳에서 불어오는 바람에 이는 잔물결도, 흔들리는 나뭇가지들도, 푸른 하늘도, 내 팔뚝의 건강한 힘줄도, 선명하게 보이는 내 눈도, 내 심장의 박동소리도, 이 모든 것들이 아름답게 느껴졌다. 나름대로 생존하기 위해 자연 속에서 벌어지는 온갖 투쟁들이 이토록 모두 아름답게 느껴졌던 것이다.

그이를 철부지라 여기면 오판이다. 경황없는 가운데도 인정할 수밖에 없는 압도적 풍광에 대한 솔직한 고백이니. 이 소동 끝에 그이는 새로운 것을 확인한다. 피다한 족의 무관심이 어디에서 비롯됐는지 이해하게 되었다. 당연히 처음에는 상처받았다. 그러다 그들이 놓인 환경과 삶의 모습을 보며 깨달았다. 자신이 특별히 겪은 고난을 그들은 일상으로 겪고 있었다. 아니, 그 이상의 고통을 감내하며 살고 있었다. 그들은 사랑하는 사람이 병에 걸려 죽어가더라도 손쓸 수 없었다. 섭리라 여기고 순응했다. 심지어 장례식에 가족도 함께하지 않았다. 일용할 양식을 얻기 위해 사냥하고 낚시하러 가야 했기 때문이다. 누구도 일을 대신해줄 수 없었다. "사랑하는 사람이 죽었다고 해서 삶은 관대함을 베풀지" 않는다. 그래서 그들은 사람은 강해야 하고, 고난은 스스로 헤쳐 나가야 한다고 철석같이 믿었다. 책제목이 이를 상징한다. 밀림에서 밤

여행자의 서재

나는 주변을 둘러보았다.
세상은 온통 아름다움뿐이었다…
태양은 눈부셨고 바람은 시원했다.
숲은 오늘 따라 푸르고 유난히 정겨워보였다…
아무리 아름답다고 해도 내가 그렇게
생각하지 않으면 자연은 아름답지 않은 것이다.
하지만 제기랄! 자연은 너무나 아름다웠다.

에 잠이 들면 어떤 봉변을 당할지 모른다. 그래서 피다한 사람들은 한밤중에도 깊은 잠에 빠지지 않는다. 본디 무정해서가 아니었다. 현실이 그러하니, 그리 반응했을 뿐이었다.

브라질 상인들이 피다한 사람들을 속이는 일이 허다했다. 더욱이 돈 대신 금지된 술을 줄 때가 많았다. 양순한 피다한 사람들이지만 술 마시면 거칠어졌다. 부인네들이 특별히 부탁했다. 술을 주고받지 못하게 해달라고. 약간 우쭐해졌다. 존중받는다 여겼다. 어느 날 브라질 상인이 들어왔길래 술은 안 된다고 명토를 박았다. 잠이 들었는데 토박이들이 자신을 죽여버리겠다고 떠벌리는 말을 들었다. 깜짝 놀라 상황을 파악하고 기지를 발휘해 위기를 넘겼다. 나중에 이유를 알아보니, 술 팔지 말라고 해 화났던 것이다. 거기에 앙심을 품은 브라질 상인이 그이를 죽이면 엽총을 주겠다고 부추겼다. 피다한 사람들은 자신들의 삶에 외부인이 끼어들어 감 놓아라, 배 놓아라 할 수 없다고 여겼다. "난 피다한 사람이야. 여기는 피다한의 정글이야. 여긴 네 정글이 아니야"라고 한 토박이가 말해주었다. 그때 비로소 깨달았다. 그들이 자신을 선교사로, 보호자로, 권위 있는 사람으로 여긴다고 착각했다고. 더불어 살아가며 배우겠다는 것은 어디까지나 마음만 그럴 뿐이다. 내심 우월하다는 생각이 배어 있었던 것.

기실, 이 책은 언어학 개설서 역할도 톡톡히 한다. 피다한 족 말로 학위까지 땄으니 전문성이야 오죽하겠는가. 언어학에 관심 있는 이라면 소수언어를 배워가는 과정과 그 언어의 특징, 그리고 언어와 문화의 상관성에 대한 지은이의 통찰을 흥미롭게 읽어나갈 터다. 일반인 처지에서 보자면, 두 가지 사실이 중요하다. 먼저, 경험의 직접성 원칙. 그들의 "진술문에는 지금 말하는 '순간'과 말하는 사람의 '경험'과 직접 연관된 주장만을 담을 수 있다." 이를 달리 말하자면, "피다한 사람들은 오래된 과거나 아주 먼 미래, 또는 허구적 내용과 같이 경험하지 못한 사건에 대해서는 이야기하지 않는다". 이 사실은 선교활동에 큰 장애물이었다. 말하는 사람이 직접 목격하지 않는 이야기는 피다한 사람들의 말로 표현할 수 없다. 그러면 어떤 경전經典도 결국에는 피다한 말로 번역할 수 없다는 뜻이 된다.

두 번째는 현대 언어학의 혁명이라 부르는 촘스키 이론에 대한 전복적 사유다. 상당히 전문적인 내용이라 요약하기가 쉽지 않지만, 소략하게 말하면 이렇다. 촘스키 이론에 따르면, 인간이 유한한 두뇌로도 문장을 무한하게 만들어 내는 것은 순환 때문이라고 한다. 여기서 말하는 순환이란 "하나의 절이나 구 속에 다른 절이나 구를 집어넣는 방법"을 가리키는데, 촘스키는 인간 언어의 핵

사람들 속에서 내 청춘의 길을 찾다

심요소로 이를 꼽았다. 그런데 그이의 조사를 따르면 피다한 족
말에는 순환이 없다. 그렇다면 "촘스키 학파들은 낭떠러지로 몰
리고 만다." 이 대목은 아직 논쟁이 진행 중인 모양이다. 하지만 현
지에서 직접 조사하고 그 말을 배운 이가 연구한 결과라는 점에서
주목할 만한 주장인 바는 분명해 보인다.

　이제, 그동안 유보해왔던 질문을 던져야 할 때다. 그이는 마침내
전도에 성공했을까? 그이는 틈나는 대로 "내가 믿는 신에 대해, 무
엇보다 신이 왜 중요한지" 말했다. 극적 효과를 높이기 위해 자신
의 삶을 과장해서 간증했다. 핵심은 "예수를 받아들이기 이전의
삶은 최대한 불행하게 이야기해주고, 구세주 예수를 받아들이는
순간 마치 기적이 일어난 것처럼 모든 것이 행복해졌다고 꾸"미는
것이었다. 하지만 피다한 사람들은 예수를 받아들이지 않았다.

　그이는 깊은 회의에 빠졌다. 세상 어느 곳에서든 영적 깨달음을
줄 거라 믿었던 진리가 전혀 통하지 않는 현실에 충격을 받았다.
피다한 사람들은 자신이 부족하다는 느낌, 타락했다는 감정, 구
원받아야 한다는 생각이 없었다. 절대자, 정의로움, 성스러움, 죄
악, 소유 같은 개념도 없었다. 게다가 이들은 언제나 주체로서 살
았다. 초월적인 존재나 보편적인 진리를 열망하지 않았다. "종교와
진리라는 가치를 버리고도 충분히 행복하게, 아니 훨씬 행복하게

여행자의 서재

살아"갔다. 30년을 지켜보면서 그들에 대한 존경심이 깊어졌다는 사실을 깨달았다. 마침내 놀라운 역전 현상이 일어났다.

내가 그토록 소중히 간직해온 모든 교리와 믿음은 이 문화에서는 하잘것없이 소란스럽고 시끄럽기만 한, 아무 의미 없는 것들이었다. 피다한 사람들에게 그 믿음이란 하찮은 미신에 불과했다. 그런데 문제는, 이들의 생각처럼 나의 눈에도 기독교의 모든 것이 점점 미신처럼 보이기 시작했다는 것이다.

선교에는 불쌍히 여기는 마음이 전제돼 있다. 말씀을 모르기에 구원받지 못한다는. 그러나 문화적, 경제적 우월성도 숨어 있다. 영향을 끼치려 하지 영향을 받으려 하지 않는다. 그런데 그이는 감염시키려 하다 외려 감염당했다. 새로운 삶의 지평을 열어준 신앙을 과감히 버려버렸다. 피다한 사람들처럼 이 순간에 모든 것을 집

사람들 속에서 내 청춘의 길을 찾다

중하는 삶을 살기로 했다. 거기에 걱정, 두려움, 좌절이 있을 리 없다. "하루하루 그저 즐겁게 사는 것이 가장 유용하다" 여기게 되었다. 그리고 세상을 바라보는 기준도 바꿨다. "구성원들이 행복할수록 발전한 문화이고 불행할수록 미개한 문화"라고.

지금 우리가 걱정, 불안, 욕심, 두려움, 불만, 좌절이 없다면, 지은이의 배교를 마음껏 조롱할 일이다. 그런데 만약 그렇지 않다면? 야만, 원시, 미개발, 전통, 미신 같은 말로 덧씌워 있는 '오래된 미래'를 다시 주목할 필요가 있을 성싶다.

산을
오르려고
하지 마라

이 또한 지나가리라! • 김별아 지음

산에 오르는 이들은 안다. 채우기 위해서가 아니라 비우기 위해서임을. 단순한 비유가 아니다. 땀이 비 오듯 쏟아지고 입에서 단내 날 지경이 되면, 출발할 때 가득했던 근심과 걱정이 어느덧 사라졌다는 점을 깨닫는다. 문제가 해결돼서? 그럴 리가. 그저 걸었을 뿐인데 어찌 그런 일이 일어나겠는가. 그 시간이나마 걱정거리를 잊을 수 있어서다. 그런데 놀라운 일은, 그것이 우리에게 위로와 격려가 된다는 사실이다. 육체의 고통이 정신의 짐을 잠시 잊게 해주었을 뿐인데, 어느덧 치유를 경험한다. 말하자면, 속세에서 잠시나마 신화의 시간대에 돌입한 경험을 한 셈이다. 지금, 이곳을 잊기 위해서 사람들은 산에 오른다. 산이 주는 놀라운 선물이다.

사람들 속에서 내 청춘의 길을 찾다

소설가 김별아가 뒤늦게 이런 경험을 했다. 학교에서 아이들과 학부모가 함께 백두대간 타는 동아리를 만들었단다. 이미 다섯 기수가 이 어려운 여정을 마쳤다. 스스로 평지형 인간이라 자처하며 산에 오르는 이들을 뜨악하게 보았던 그네가 왜 이 대열에 동참했고 어떤 변화를 겪었을까?《이 또한 지나가리라!》에서 김별아는 말한다.

나는 오랫동안 삶을 두려워했습니다. 그것을 견디는 가운데 얻은 크고 작은 상처와 좌절의 기억에 꺼둘려 살았습니다. 그렇다보니 고슴도치처럼 온몸에 가시를 곤두세운 채 스스로를 방어하기에 급급해 행복, 희망, 사랑같이 달보드레한 말은 입에 담기조차 어려웠습니다. 나는 한편으로 나를 미워하고 다른 한편으로는 불쌍히 여겼습니다.

그런데 참 이상한 일이지요. 자연의 생명력, 치유력 따위의 말을 알고는 있었지만 절실히 느끼지 못했던 내가 산을 타는 동안 조금씩 변하기 시작했습니다. 한발 한발 산을 오르며 민낯만큼이나 치장하지 않은 솔직한 마음자리를 만날 수 있었고, 높은 봉우리에 올라서서는 깊고 낮은 마음의 바닥을 들여다보았으며, 가파른 오르막과 내리막을 지날 때는 누구도 대신 올라줄 수 없는 산이기에 이 책을 백두대간 산행기로 본다면 얻을 바가 별로 없다. 아무리 무리지어 다녔지만, 산행 초기에 겪을 만한 일이 나올 뿐이다. 길 잃어 헤매고 낙석사고로 큰 사고 날 뻔하고 물 모자라 쩔쩔매고 비 맞아 등산화 흠뻑 젖어 곤란했던 일을 굳이 책을 읽으며 확인하고 싶은 이는 없을 터다. 산 자주 타는 이들은, 어쩌면 뒤늦게 산행의 즐거움을 안 이가 떠는 소란에 마음 불편할지 모른다. 그것도 백두대간을 완주한 게 아니다. 전체 구간의 반 정도를 마쳤을 뿐이다. 진즉 해야 했을 것을 나중에 알아 호들갑 떠는 이만큼 푼수가 어디 있겠는가. 이 책에는 그런 부분도 분명히 있다. 그래서 이 책의 부제를 눈여겨보아야 한다. '김별아 치유의 산행'. 백두대간을 타며 바라보았던 자신의 내면세계와 그곳에 찍혀 있는 마음의 화상을 어떻게 치유해나갔는가를 기록해놓았다. "산행기이기도 하고 마음을 따라가는 에세이이기도 하며 오래 묵었던 상처에 대한 고백"이기도 하다.

백두대간을 타며 그네는 등산은 운동이 아니라 명상임을 알았다. "헐떡거리며 한발자국 한발자국을 옮기는 동안 서서히 생각들이 사라진다." 그런데 무조건 사라지지는 않는다. 바로 그때 "오랫

사람들 속에서 내 청춘의 길을 찾다

동안 싸안고 다닌 덧짐처럼 지우고픈, 지워야 할 기억들도 하나둘 물밀어들었다 지나간다.” 도통 들여다볼 수 없는 무의식이라는 심연의 세계를 엿볼 기회를 산을 타다 만났다는 뜻이다. 아마도 우리 모두에게 그런 기회가 있었으련만, 똑바로 바라보기 어려워 서둘러 미봉해 버렸으리라. 그네는 무의식의 바다에서 튀어 오른 어린 날의 상처라는 고기를 잽싸게 낚아챘다. 그게 치료의 첫걸음임을 본능적으로 알았던 모양이다. 정신분석학을 공부한 이들은 익히 안다. 한 드라마의 대사처럼 내 안에 네가 있는 것이 아니라는 점을. 내 안에는 세 살부터 여섯 살 사이 부모한테 받은 상처로 입때껏 울고 있는 나의 어린 시절이 있다. 내 안에는 내가 있는 법이다. 그네도 어린 시절의 자신을 만났다.

그네는 “무조건적이고 긍정적인 관심을 받지 못한 데 대해 분노”한 어린 시절을 되돌아보았다. 딸내미를 세상에 내놓은 지 한 달 만에 교단으로 복직했던 어머니, 아무래도 가부장적 권위에서 벗어나지 못해 가정 일에 지극히 무심할 수밖에 없던 아버지를 둔 탓에 “기억할 수 없는 수많은 날 동안 여러 양육자를 전전해야 했다.” 그 대가는 일종의 소아우울증이었다. 학교에서는 버젓이 모범생이었지만, 집에서는 작은 폭군으로 군림했다. 제니스 A. 디 치아코의 말대로 “비관주의, 부적격자라는 느낌, 현저히 떨어지는 활동성, 지속적인 슬픔, 절망, 원기상실, 무가치하다는 생각과 희망이 없다는 느낌, 즐거움의 상실, 먹고 자는 습관의 변화, 죽음과 자살에 대한 생각"으로 엉망진창이 된 유년시절을 보내야 했다.

제3자의 시선으로 보면 이해할 수 없는 일이다. 공부 잘하는 '엄친아'인 데다 성실한 반장이었다. 남 앞에서는 얌전하고 반듯한 아이였다. 그러나 집안에 혼자 있을 때면 머리통이 울리도록 벽을 들이박거나 칼로 팔뚝에 빗금을 그렸다. 실수하는 자신을 참을 수 없었단다.

그것이 아무리 사소하고 시시한 것일지라도 내가 치밀하게 세워놓은 계획과 정교하게 짜놓은 각본에 조금이라도 어긋나면 견딜 수가 없었다.

실수하고 멍청한 짓 하면 가혹하게 자신에게 벌을 주는 아이로 살아왔다. 정말 마음밭이 마치 "소금밭처럼 짜디짜고 바싹했다."

이 늦깎이 산사람에게 배워야 한다. 산을 오르며 마치 낮달처럼 떠올랐던 내 삶의 추악한 면을 직시해야 한다는 사실을. 그것을 두려워하거나 부끄러워해서는 안 된다. 그녀는 자신에게 집요하게 물어보았노라 했다. "나는 사랑받을 만한 존재가 되지 못하는가" 라고. 참으로 자신의 삶 전체를 걸고 던진 질문이다. 그토록 간절한 질문이었기에 답에 이르렀다. 생각보다 훨씬 사랑하고 있다는 것을 알게 되었다. 왜 아니겠는가. 갈등하고 방황했던 것도 기실 나 자신을 알아가려는 산행이었을 터. 죽음에 대한 강렬한 유혹은 한번뿐인 삶을 뜨겁게 살고 싶다는 열망의 다른 말이었을 뿐. 그래서 마침내 다음처럼 말할 수 있게 되었다.

나는 힘과 짐, 혹은 짐과 힘이 나뉘는 지점에 '자기연민'과 '자기애'가 있다고 생각한다. 건강한 자기애를 가진 사람에게는 고통과 시련이 곧 도전의 기회이자 스스로에 대한 시험대가 된다. (…) 하지만 스스로를 사랑하기보다는 가련하게 여기며 자기 연민에 빠진 사람에게는 모든 고통과 시련이 견딜 수 없이 무거운 짐이 된다. (…) 나를 아끼고 존중하되, 불쌍히 여기지 않기로 한다. 보듬어 다독이되, 딱하고 가엽게 여기며 쩔쩔매지 않기로 한다. 감상에 빠져 허우적대기보다는 깊이 이해하여 진심으로 사랑하기로 한다. 그럴

여행자의 서재

때 '짐'은 비로소 '힘'이 된다.

세상살이에 지쳐 제 상처를 핥는 짐승처럼 잔뜩 웅크리고 있는 이라면, 책 제목에서 위로받을 일이다. 다윗 왕 시절 이야기다. 다윗이 궁중 세공인을 불렀다. 전쟁에서 승리했다 해서 오만하지 않도록, 패배했다 해서 좌절의 늪에 빠지지 않도록 하는 경구를 반지에 새겨오라 했다. 고민하던 세공인은 결국 솔로몬에게서 답을 찾았다. "이 또한 지나가리라!"가 그것이었다.

산을 타다보면 이른바 '깔딱고개'가 나와 정말 숨이 깔딱거릴 정도로 힘들 때가 있다. 포기하고 싶다. 무슨 영광을 보려 이 짓을 해야 하나 화가 나기도 한다. 그러나 고비를 넘으면 능선이 나온다. 땀으로 범벅이 된 얼굴을 감싸주는 시원한 손길을 느낀다. 오를 적에는 손바닥만 한 하늘만 보였으나, 이제 탁 트인 전망이 가슴마저 시원하게 해준다. 힘들 때 조용히 되뇌어보자. '이 또한 지나가리라!'라고. 내리막길이라고 마냥 좋아할 수는 없다. 내려간 만큼 올라가는 길은 더 험하니. 긴장 풀고 함부로 걷지 말고 오르막 오르기 위해 숨 고르는 시간으로 활용해야 한다. 들떠 함부로 나대지 말고 입에 담아보아야 한다. 이 또한 지나가리라,고. 그래서 산을 타면 성숙해진다. 산이 삶이라는 낱말과 얼마나 비슷한지

사람들 속에서 내 청춘의 길을 찾다

알아가게 되어서이다. 그네가 말한다.

쉬운 산이란 없다,고 터져나온 불평이 쉬운 삶이란 없다, 란 중얼거림으로 변한다. 쉬운 산이라고 생각했기에 더 어려웠다. 처음부터 평탄한 삶만을 기대한다면 더 힘들 수밖에 없을 것이다. 산은 원래 이렇게 높고 낮고 울퉁불퉁하고 험한 것이다. 삶도 처음부터 행운과 불운과 뜻밖의 우연과 그러할 수밖에 없는 필연의 요철로 만들어진 것이다. 불평할 것 없다. 산을 원망하랴, 삶을 탓하랴?

여기서 그칠 리 없다. 그네는 운명애론자가 된다. 골방에 갇힌 니체가 아니다. 산에 오르는 니체다. 자학, 좌절, 후회에서 벗어나 자애, 열정, 긍정으로 변한다.

다만 삶이 그러하듯 산도, 산이 그러하듯 삶도, 그 걸음걸음이 이유이자 목적인 '끊임없는 진행형'이라는 사실을 깨달았을 뿐이다. 모든 것이 지나간다. 휙휙 쌩쌩 스쳐간다. 머무르는 것이라고는 없기에 때로 허전하고 쓸쓸하지만, 머무르지 않기에 미련 없이 버리고 돌아설 수도 있다. 삶은 지나간 과거에 있지도 않고 다가올 미래에 있지도 않다. 삶이라고 부를 수 있는 것은 지금 이 순간 여기

산은 그저 저곳에 있을 뿐이다.
스스로 찾아올 적에 비로소 품에 안아준다.
이제 산으로 가보길.
거기서 만나는 자신의 민얼굴을 직시하길.

산은 그저 저곳에 있을 뿐이다. 스스로 찾아올 적에 비로소 품에 안아준다. 이제 산으로 가보길. 거기서 만나는 자신의 민얼굴을 직시하길. 모든 것은 지나가게 마련이다. 비관은 낙관으로, 좌절은 희망으로, 상처는 삶의 거름으로 바뀔 터이다. 지금 이곳의 삶을 축제처럼 지내는 힘을 산이 줄 터이다.

청춘처럼 뜨겁게 여행하라

나의 서양미술 순례 • 서경식 지음

서경식의 글을 읽다 가슴이 아린 적이 몇 번 있다. 그가 몇 차례 오늘의 삶이 가능하다고 여겨본 적은 없다는 투로 말해서였다. 나는 그 말에 묻어 있는 지독한 절망과 고독을 누구보다 예민하게 감지했다. 참으로 지금 사는 모습을 스스로 그려본 적이 없다. 숨막힐 듯 답답했고 앞날은 캄캄했다. 버텨낼 재간도 없었고, 밀고 나갈 힘도 없었다. 할 수 있는 것이라고는 흐릿하게 보이는 삶의 길을 터벅터벅 걸어가는 일뿐이었다. 한낱 책벌레가 그 정도였다면, 서경식이 헤쳐 나왔어야 할 젊은 날의 늪이 얼마나 지독히 넓고 깊었을지 짐작하고도 남을 만하다.

누이와 함께 여행을 떠나기로 했다. 가족사의 불행이 좀체 누그

사람들 속에서 내 청춘의 길을 찾다

러들지 않았다. 조국으로 유학을 떠난 두 형은 분단 조국의 모순을 온몸으로 겪어야 했다. 간첩으로 몰려 옥살이를 했고, 한 형은 억울한 사람을 만들지 않으려고 분신까지 했다가 겨우 목숨을 건졌다. 지극 정성으로 옥바라지한 어머니는 자식들이 석방되는 모습을 보지 못하고 한 많은 삶을 마감했다. 3년 후 아버지도 같은 병을 앓다 세상을 떠났다. 시간이 지나면 헝클어진 삶이 정리돼야 하건만, 더 꼬여버린 형국이다. 여행이기보다는 도피라고 하는 게 나을지도 모른다. 잡아놓은 날짜가 다가올수록 마음이 들뜨기보다 더 착잡해지고 무거워졌으니까.

그렇게 떠난 여행이라 미술관 순례를 미리 계획하지는 않았다. 누이의 기분이 전환되길 바랄 뿐이었다. 여기저기 둘러보다 벨기에의 브뤼주로 갔다. 그 도시가 베풀어준 부드러운 늦가을의 정취를 만끽하다 그뢰닝게미술관에 들렀다. 거기서 "이렇듯 '예사롭지 않은 것'과 맞닥뜨리기 위하여 나는 멀리 이곳까지 오게 된 것인가"라는 감흥을 불러일으키는 그림을 본다. 헤라르트 다비드의 '캄비세스 왕의 재판'. 죄인의 살가죽을 벗겨내라는 형벌이었던 모양이다. 이 장면을 화가는 너무나 가열한 사실정신에 근거해 그렸다.

서경식은 "화면 오른쪽의 사나이. 나이프를 입에 물고 사뭇 익숙한 손놀림으로 왼쪽 발목에서 뒤꿈치 언저리의 날가죽을 벗기

여행자의 서재

고 있는 사나이"에서 시선을 떼지 못한다. 그가 말한 대로 축산문화를 배경으로 하지 않았다면 불가능했을, 일견 엽기적인 장면에 왜 그토록 집중했을까. 먼저 그림에 담긴 "정밀성을 추구하는 장인적 열성" 때문이었을 터다. 하지만 그것만은 아니었다. 이 그림이 아버지의 죽음을 떠올리게 했다.

본디 책이나 예술 감상은 그러해야 하는 법이다. 일차적으로 그것을 썼거나 그린 사람의 의도를 파악하기 위해 애써야 한다. 문학교육이니 예술교육이니 하는 말들이 이런 성취를 목표로 한다. 기실, 책이든 그림이든 잘 읽어낸다는 것은 오랜 시간의 교육이 필요하고, 높은 수준의 교양을 요구한다. 그렇지만 여기서 그쳐서는 안 된다. 그것이 읽거나 보는 이의 삶의 문맥에 자리 잡아 새로운 의미를 창출해야 한다. 그것을 보거나 읽었더니 숨기거나 감추거나 가려졌던 내 삶의 무언가가 드러나고, 그 의미와 가치를 곱씹어 볼 수 있어야 하는 법이다.

서경식은 그런 의미에서 타고난, 창조적인 감상자다. 어둡고 눅눅한 지하실에 채광창을 만드는 심정으로 떠난 여행에서 자신을 사로잡는 그림을 만나는 벼락같은 축복을 기록한 《나의 서양미술 순례》가 대체로 그런 식으로 쓰여 있어 하는 말이다.

저간의 사정은 이렇다. 아버지가 돌아가신 뒤 어느 날 아는 아주머니 한 분이 맏형 집에 갑작스레 찾아왔다. 자리에 앉자마자 물을 달라며 사내 목소리로 말했는데, 형수 말로는 꼭 아버지 목소리를 닮았더란다. 그런데 이 아주머니는 아버지와 아는 사이가 아니었다. 그러다 왼쪽 발목을 자꾸 만지면서 "여기가… 여기가 나른해"라고 중얼댔다. 가족들이 섬뜩할 수밖에 없었던 것은, 아버지가 투병생활을 할 적에 왼쪽 발목에 주삿바늘이 꽂혀 있었는데, 몽롱한 상태에서 자꾸 뽑아 버리려 했기 때문이다. 아마도 아버지는 저승으로 선뜻 갈 수 없었던 모양이다. 한이 풀려야 갈 수 있는 법이거늘, 외려 한만 더 쌓였으니 떠나지 못하고 다시 나타날 수밖에.

바욘에 자리 잡은 보나미술관에서 만난 '화가 누이의 초상'은 서경식이 누이에게 품은 애정의 한 자락을 엿볼 수 있는 계기가 된다. 어둑한 곳에 대여섯 살 되었음직한 소녀가 서 있다. 이제 갓 화가의 길을 걷기 시작한, 가난한 오라버니를 위해 모델이 되어주었으리라. 어린 나이에 감당하기 어려운 일일 수 있지만, 오빠를 위해 포즈를 취하고 있는 것. "약간 튀어나온 이마며 꼭 다문 입언저리에는 귀여운 의지력"이 담겨 있다. 서경식은 이 그림을 설명하면서 "보면 볼수록 그리운 사람들에 대한 추억 비슷한 생각이 가슴 밑바닥으로부터 탄산수의 포말같이 솟아나는 것이다. 생각하건대 나는 그러한 감정을 오랫동안 잊고 있었다"는 감상을 덧붙인다.

여행자의 서재

짐작하듯, 이 그림이 누이를 떠올리게 했다. 보나미술관에 들렀을 때는 같이 여행을 다니던 누이가 귀국한 다음이었다. 누이는 열다섯 살 때부터 어머니와 함께 오빠들의 옥바라지를 했다. 어린 나이에 감당하기 어려운, 그야말로 부당한 운명의 짐이었다. 거기다 부모는 끔찍한 병을 앓다 생을 마감했다. 재일 조선인으로 살아가는 것만으로도 힘든 삶이다. 정말 "그 '생활'의 밑바닥이 불안을 품기에 충분"하다. 그런데 오빠로서 자신이 해줄 수 있는 일은 별로 없다. 마치 이 그림을 그린 보나처럼 야심은 컸으나 그 몇 갑절이나 되는 불안에 압살당할 듯한 공포감으로 한 시절을 지내왔다. "20대의 나날들이 어영부영하는 사이에 영원히 사라져버린 것을" 안타까워하며 살아가고 있지 않은가. 그러니 그림을 보며 "내 상념 속의 누이는 물론 이미 어린아이는 아니지만 어두컴컴한 속에서 혼자 서성거리고 있다"고 느낄 수밖에. 그래도 말해야 한다. 누이가 자기만의 삶을 살아야 한다고. 비록 교토의 번화가에 있

사람들 속에서 내 청춘의 길을 찾다

는 서점에서 아르바이트를 계속하더라도. 하긴, 그것은 자신에게
하는 말이기도 하다. "엉거주춤이라는 독약에 마비된" 삶에 종지
부를 찍어야 할 때가 왔다.

프랑스 루브르미술관에 들러 꼭 보고 싶은 작품이 있었다. 이런
식으로 편지를 보내고 싶어서였으리라. 언젠가 형이 편지에서 말
한 미켈란젤로의 작품을 보고 있어. 베토벤을 숭앙하고 루오를 사
랑하는 형이 책에서 본 그 작품 말이야. 이 작품을 보니 지상의 숙
명에 묶인 인간의 고뇌라든가, 육체의 어두운 뇌옥牢獄에서 벗어나
영원을 움켜잡으려는 혼이라는 말이 떠오르네. 언젠가 형도 직접
보리라 믿어 의심치 않아. 그러나 그렇게 쓸 수는 없었다. 그가 본
작품이 '빈사의 노예'와 '반항하는 노예'여서다. 두말할 나위 없이
노예는 바로 형들이었다. 재일 조선인이라는 사슬에, 분단이라는
차꼬에 묶여 있는. 그것을 확인하는 순간, 어떤 수사학으로도 형

176

들을 위로하고 격려할 수는 없었다고 서경식은 회상한다.

네덜란드 암스테르담의 국립 고흐미술관에 가서도 확인한 것은 형들과 맺은 관계였다. 죽기 며칠 전 고흐는 테오에게 "내 생활은 뿌리가 뽑히고 내 걸음걸이도 휘청휘청한다. 나는 내가 너희들의 저주스러운 짐짝이 되어 있는 게 아닌가 하고 (전적으로 그렇진 않을지 몰라도 어쨌든) 염려하게 되었다"는 내용의 편지를 보냈다. 서경식은 이 편지글에 대한 자신의 단상을 다음처럼 적어놓는다.

현세적인 가치관에 대한 순수한 저항을 관철하기 위해서도 의식주 따위 현세적인 뒷받침은 필요하다. (…) 이 단순한 모순이야말로 옛날 옛적부터 창조자, 구도자, 혁명가를 괴롭혀왔다. 그래서 그는 자기 자신에게 채찍질을 해대지만, 그런 행위는 그 채찍의 의미를 이해하는 자까지도 함께 쓰러뜨리고 마는 것이다. 그들은 자기 자신뿐 아니라 타자에 대해서도 창조자, 구도자, 혁명가이기를 끊임없이 요구한다. 창조자, 구도자, 혁명가의 순수성을 지키기 위해서는 그들의 이해자들이 그 채찍의 아픔을 참고 견뎌주어야 하는 것이다.

테오는 기꺼이 그 짐짝을, 그 채찍질을 자신의 운명으로 받아들였다. 형제가 나란히 묻힌 무덤이 이를 상징한다. 고흐의 편지를

사람들 속에서 내 청춘의 길을 찾다

청춘이라는 말에는
반드시 예찬이 붙어야 한다.
여러모로 인생의 황금기는
이때가 아닐 수 없다.
밝고 맑고 싱그러워야 마땅하다.
그러나 그렇지 않다는 것을
잘 알고 있다.

곱씹는 서경식의 심정을 떠올려본다. 모든 것을 송두리째 앗아간 운명적인 사건을 담담히 받아들이고 형들이 자신에게 던져준 짐 짝을 기꺼이 감당하겠다는 의지의 표현 아닌가. 실로, 형들의 삶에 대한 애정 어린 동의와, 자신의 운명에 대한 화해로 이토록 아름다운 장면을 찾기란 쉽지 않다. 원망하고 저주하는 글을 찾아보기는 수월하지만 말이다.

청춘이라는 말에는 반드시 예찬이 붙어야 한다. 여러모로 인생의 황금기는 이때가 아닐 수 없다. 밝고 맑고 싱그러워야 마땅하다. 그러나 그렇지 않다는 것을 잘 알고 있다. 더 두렵고 힘들고 위축되는 시기이기도 하다. 절망에 빠진 청년들이 기억해주길. 오늘 보이는 성취가 가능하리라 여기지 못했던 지난날의 청춘들이 있음을. 자신에게 던져진 짐짝을 힘겹게 둘러메고 먼 길을 걸어와 비로소 지금의 자리에 있는 이들이 있음을. 얼핏 보기에 너무나 약할 듯싶은 것들, 그러니까 책과 그림과 음악을 그늘막 삼아 험한 곳을 건너온 이들이 있음을. 나는《나의 서양미술 순례》를 미술관 여행기로 보지 않는다. 한 시대의 우울이라는 거대한 늪을 건너는 법을 일러주는 지혜의 책이라 평가한다. 바라건대, 이 땅의 청춘들이 이 책과 더불어《청춘의 사신》《디아스포라 기행》을 읽으며 서경식에게서 위안과 격려받을 수 있기를!

사람들 속에서 내 청춘의 길을 찾다

가보지 않은
미지의
세계로
떠나라

파타고니아 • 브루스 채트윈 지음

희한한 여행기다. 처음 가본 곳의 풍경이나 유물에 대한 넋두리
는 절제되어 있다. 대신, 그곳에 가서 만난 사람들 이야기와, 책을
읽어 미리 안 이야기와, 가서 들은 이야기로 범벅되었다. 우리 여행
이란 게 고작 이름난 유적지 앞에 떼로 몰려가 사진 찍고 오는 것
이라 그런지 낯설다. 아나라면, 지은이의 글쓰기 방식이 독특해서
일까? 물론, 그만한 효과는 있다. 험한 자연과 격동의 역사와 맞서
거나 순응하며 살아가는 사람들의 이야기는 흥미롭다. 그런데 그
사람 가운데 미국에서 건너온 은행 강도, 바쿠닌에 영향 받아 혁
명을 선동한 아나키스트, 이곳에 새로운 왕국을 건설하겠다는 프
랑스 출신 떠버리 변호사 등이 있다. 재미있을 수밖에. 다른 책에

서 읽은 내용을 요약해 풀이해주는 대목은 지루하기는 하지만, 배경지식이 늘어나는 데 도움이 된다. 더욱이 여행지에서 들은 이야기란 과장된 내용일 수밖에 없다. 그러다 보니 몽환적인 분위기가 물씬 풍긴다. 그런 점에서 이 여행기는 고전적인 여행기들의 전통을 이어받은 것인지도 모르겠다. 가보지 않고도 가본 것처럼 쓸 수 있었던 것은 들은 이야기가 수두룩해서다. 어쩌면, 모든 여행기는 여시아문如是我聞인지도 모른다.

마니아를 거느리고 있다는 브루스 채트윈의 《파타고니아》를 읽으며 들은 생각이다. 지금이야 여행 관련 텔레비전 프로그램이 많아 낯선 곳이라는 개념이 없다시피 하지만, 국내에 초역된 2004년만 해도 파타고니아가 얼마나 미지의 세계였을까 짐작하게 된다. 그런데도 여전히 널리 알려지지는 않은 듯싶다. 산 좋아하는 나 같은 사람은 고가인데다, 친환경 소재를 쓰는 등산 제품 회사를 떠올리기 마련이다. 도대체 어딜까? 지은이가 들려주는 에피소드는 상당히 흥미롭다. 1520년 마젤란이 산훌리안에 상륙했다. 일행이 아직 배에서 내리지 않았을 적에 해변에서 벌거벗은 거인이 춤추는 광경을 보았다. 그 거인은 테우엘체 인디오였는데, 대체로 성정이 순한 편이지만 덩치가 크고 체격도 좋고 목소리도 우렁차서 거칠거나 난폭한 종족으로 오해받기 일쑤였다. 마젤란이 이 거

사람들 속에서 내 청춘의 길을 찾다

우리 여행이란 게 고작 이름난 유적지 앞에
떼로 몰려가 사진 찍고 오는 것이라 그런지 낯설다.
아니라면, 지은이의 글쓰기 방식이 독특해서일까?

인이 신고 있는 인디오 모카신의 크기를 보고 놀라 "허, 파타곤 patagon"이라고 했단다. 큰 발이라는 뜻인데, 이 말이 파타고니아의 기원이 되었다. 책 서문을 쓴 니컬러스 셰익스피어는 이 지역을 교과서적으로 설명해준다.

파타고니아는 지도에 표기되는 정확한 지명이 아니다. 그곳은 아르헨티나와 칠레 남부에 펼쳐진 90만 제곱킬로미터의 영역을 아우르는, 경계가 모호한 광대한 땅이다. 그 지역을 가장 적절하게 규정해주는 요소는 토양이다. 우리는 빙하가 남겨놓은 현무암 자갈층을 이르는 로다도스 파타고니코스를 볼 때 우리가 파타고니아에 들어와 있다는 것을 알게 된다. 그곳을 뒤덮은 대표적인 식물군에 해당하는 키 작은 관목 하리야를 볼 때도 그렇고, 그곳의 전형적인 기상 요소, 곧 10월에서 3월까지 맹렬하게 불어오는 바람, 채트윈의 표현을 빌리자면 "사람의 살가죽을 벗겨낼 정도로" 매서운 바람으로도 그곳을 규정해볼 수 있다. 그 바람은 생텍쥐페리의 비행기를 뒤로 밀어낼 만큼 거셌다.

이 여행기의 '눈'은 앞부분에 있다. 지은이가 파타고니아를 여행하기로 마음먹은 동기가 잘 나와 있기 때문이다. 누가 모험에 가

사람들 속에서 내 청춘의 길을 찾다

까운 여행을 떠날까에 적절한 답을 주는 대목이기도 하다. 할머니 집 장식장에는 굵은 털이 나있는 가죽 조각이 있었다. 무어냐고 어머니에게 물으니, 초식 공룡인 브론토사우르스 조각이라고 말해줬다. 어린아이에게 환상을 심어주는 이야기가 아닐 수 없었다. 꿈에 이 공룡이 침실 벽을 부수고 뛰어 들어오는 통에 소스라치며 깨어났다는 말을 과장이라 여길 이는 없을 듯. 이 공룡을 발견한 이는 할머니 사촌으로 뱃사람인 찰리 밀워드. 파타고니아의 라스트 호프만에 있는 동굴에서 발견했다. 할머니 집에 공룡의 가죽이 있다고 동네방네 떠들고 다녔다. 그러다 놀림만 당했다. 브론토사우르스는 파충류라서 털이 있을 수 없다. 매머드를 착각한 것이 아니냐고 했다. 하지만 매머드는 아니었다. 무엇일까? 나중에 찰리 선장이 발견한 동물은 대형 나무늘보인 밀로돈이었다는 사실이 밝혀졌다. 여기에 얽힌 해프닝도 자세히 나와 있다. 그렇다고 어린 채트윈의 몽상이 깨지지는 않았다. 그곳에 가고 싶었다.

다른 동기는 일종의 정치적 과대망상이라 할 수 있겠다. 영국에서도 우리처럼 반공 교육이 있었던 모양이다. 민방위 시간에 강사가 스탈린의 무력 도발 가능성을 자주 언급했다고 한다. 강사는 스탈린이 강력한 폭탄으로 파괴할 가능성이 큰 유럽 도시들을 표시해주었다. 도저히 살아남을 수 없겠다는 공포감이 들었다. 공포

여행자의 서재

는, 수소폭탄보다 훨씬 강하다는, 코발트탄에 관한 기사를 읽으며
더 강해졌다. 살아남으려면 스탈린이 폭탄을 투하할 수 없는 지역
을 찾아야 했다. 아이들끼리 이민 위원회를 결성해 이주 지역을 찾
았다. 더불어, 방사능 낙진의 패턴을 예상해 피해가 작은 지역을
찾는, 나름은 꽤 진지한 연구를 거듭했다. 그래서 낙점한 곳이 남
반구. 오스트레일리아와 뉴질랜드를 제외하니, 남는 곳은 파타고
니아였다. 전쟁광이라던 스탈린은 전쟁을 일으키지 않고 죽었다.
다행히 이민 가지 않아도 되었다. 그래도 파타고니아에 대한 환상
은 깨지지 않았다. 여전히, 그곳에 가고 싶었다.

드디어 갔다, 어릴 적부터 꿈꾸던 파타고니아로. 지은이의 이력
을 볼라치면 파란만장했다. 절대로 순탄한 인생이 아니었다. 훌쩍
떠나고 싶었을 듯싶다. 그리고 그의 인생은 큰 변화를 겪는다. 이
여행기로 그는 일약 스타가 되니까. 그토록 그리던 파타고니아를
본 소감은 이러했다.

파타고니아 사막은 모래와 자갈이 아니라 부러지면 고약한 냄새
가 나는 회색 가시덤불로 이루어진 사막이다. 아라비아 사막과 달
리 영혼을 극적으로 고양시켜주는 곳이 아님에도, 그곳은 인간 체
험의 기록들 속에서 한자리를 차지하고 있다. 찰스 다윈에게 그곳

의 부정적인 특징들은 대단히 매력적으로 다가왔다. 다윈은《비글호 항해기》에서 세계 곳곳의 수많은 경이를 목격한 자신이 어째서 이 "불모의 황야"에 그리도 단단히 사로잡혔는지 설명하려 애썼지만 결국 성공하지 못했다.

이 책은 '파타고니아의 만인보'이다. 지은이가 만난 흥미로운 인물들의 이야기가 가득하다. 97개의 에피소드로 엮여 있는데, 비중이 약한 이는 한 항목에 그치지만 나름대로 의미 있는 이들은 몇 개의 에피소드를 차지한다. 그 가운데 가장 비중이 높은 이는 찰리 밀워드. 72번 항목부터 지루할 정도로 길게 언급된다. 이 책을 읽으며 내가 재미를 느꼈던 인물 이야기를 소략하게 정리하면 이렇다.

지은이는 코모도로리바다비아에서 남아메리카학의 대가라 할 마누엘 팔라시오스 사제를 만난다. 죽을 날이 얼마 남지 않은 사제는 지은이를 앉혀 놓고 파타고니아의 선사시대를 주제로 장광설을 펼친다. 그러다 최초의 인류가 출현한 곳이 바로 파타고니아라고 말한다. 특히 1928년에 이 인류의 조상이 목격되었다고 한다. 인디오식 이름은 요실. 황록색의 이끼 같은 털로 뒤덮인 꼬리 없는 원인原人. 키는 80센티미터이고, 낮에는 느릅나무 숲에서 지

여행자의 서재

내다가 밤이 되면 혼자 사냥 나온 사람의 모닥불 곁에서 몸을 녹였단다. 신부는 그 원인에게 푸에고피테쿠스 파텐시스라는 학명을 붙이기로 했다고 기염을 토했다. 지은이는 신부가 독학으로 그런 경지에 오른 것을 높이 평가했다. 읽으며 든 느낌은 한마디로 믿거나, 말거나!

이번에는 지은이가 들은 이야기. 1650년경 살인을 저지르고 배에서 달아난 두 명의 선원이 치로에 섬 맞은편에 있는 바닷가 숲에서 사로잡혔다. 총독에게 끌려온 이들은 범죄 사실을 은폐하기 위해 신비로운 이야기를 떠벌렸다. 지붕이 은으로 된 궁전들이 있고, 피부가 하얗고 에스파냐어를 쓰는 이들이 사는 도시를 목격했다고 말이다. 이 이야기는 사람들에게 '세사르의 매혹적인 도시' 트라팔란다에 대한 관심을 되살렸다. 1528년, 세사르라는 키잡이 출신이 플라테 강을 타고 내륙을 거슬러 올라가 안데스 산맥을 넘

사람들 속에서 내 청춘의 길을 찾다

어간 끝에 황금이 지천으로 널려 있는 지역을 목격했다고 증언했다. 원정대를 꾸리고 그들이 끝내 실종되고 말았다는 유의 이야기는 이미 예상했을 터. 이 이야기를 읽으며 이 책에 나오는, 그러니까 파타고니아에 사는 유럽 이주민들의 심성을 엿볼 수 있다 싶었다. 결국 그들은 젖과 꿀이 흐르는 새로운 땅으로 파타고니아를 여겼고, 그래서 이 땅을 무력과 돈으로 지배하고 강탈했다. 지은이는 담담히 말하고 있지만, 아마도 이 책을 읽은 토박이들은 남미의 일그러진 초상화를 보는 듯싶었으리라.

이 책은 수미쌍관의 구조를 띠고 있다. 찰리 밀워드가 보낸 가죽 때문에 유년 시절부터 파타고니아에 가고 싶었다 하지 않았나. 마침내 지은이는 한때 공룡이라 착각했던 가죽을 발견한 동굴에 찾아간다. 잿빛 역암으로 된 절벽에 지름이 120미터나 되는 큰 동굴이 입을 벌리고 있었다. 천장에는 하얀 종유석이 매달려 있고, 양옆은 소금 결정으로 뒤덮여 있었다. 행여 남아 있는 가죽이 있을는지 싶어 바닥을 더듬어보았다. 가죽은 없고 똥만 그득했다. 그러다 어릴 적 보았던 털을 발견했다. 털 뭉치를 집어 봉투 속에 넣고는 기쁜 나머지 바닥에 주저앉았다. 그리고 이렇게 썼다. "이 엉뚱하고 괴이한 여행의 목적을 드디어 달성"했다고. 똥 무더기를 뒤져 털을 줍고는 이런 감탄을 했을 지은이를 떠올리면 익살스러운 웃음이 절로 떠오른다.

　마무리하며 내가 매료된 인물을 소개해야겠다. 이 사람은 지은이가 파타고니아에서 만난 화석화한 인물형이 아니다. 니타 스탈링. 아담한 체구에 성격은 활달하고 단호한 말투를 쓰는 영국 여성. 젊은 시절 사진 찍는 일을 즐기다 원예기술자로 변신했다. 어머니가 돌아가시자 그녀는 집과 세간을 전부 팔아치우고 여행을 떠났다. 발이 닿는 데로 돌아다니며 영어를 가르치거나 임시 정원사로 일했고, 번 돈은 다음 여행 경비로 썼다. 지은이를 파타고니아에서 만나기 전, 그녀는 남아프리카 초원지대, 오리건 주의 백합과 마드론 숲, 캐나다 브리티시컬럼비아의 소나무 숲, 서부오스트레일리아, 교토와 홋카이도를 두루 다녔다. 아무리 간소하게 짐을 챙기더라도 야회복만은 꼭 넣고 다녔는데, 그 정성 덕이었을까 일본에서는 연하남과 로맨스가 있었다. 파타고니아를 떠나면 진달래 보러 네팔에 갈 예정이란다. 인생 뭐 있다고 아등바등하며 살까. 이리 살아야 하는 법이거늘. 장롱에 처박혀 있는 60리터짜리 배낭을 얼른 챙겨야겠다.

사람들 속에서 내 청춘의 길을 찾다

소수
민족의
역사를
만나라

황하에서 천산까지 • 김호동 지음

역사학자에게 여행이란 무슨 의미일까. 그것은 시인의 여행과는 사뭇 다르리라. 일상은 독성이 강한 법이다. 감수성의 순금 부분을 갉아먹게 마련이다. 그래서 훌훌 털어버리고 떠나는 것이리라. 현실의 때가 덕지덕지 묻어 오해와 불신만을 낳는 언어를 깊이 모를 바다에 담가 씻어내 건져 올릴 터다. 그때 상식의 먼지를 털어낸 언어는 비로소 시어가 될 터이다. 그러니까 시인은 여행을 떠난다. 붙박여 있다 중력의 법칙에 포획되지 아니하려고 떠돌아다니는 법이다. 그렇다면 역사학자는?

역사학자라 하면, 그가 가는 곳의 문화와 문명을 꿰뚫고 있는 이가 아니던가. 그들은 유적과 유물, 그리고 사료로 옛사람들의

190

삶을 오늘에 되살려 놓는다. 그러니 그들의 여행은 알기 위해서라기보다, 아는 것의 확인을 위해서일 터이다. 그렇다면 역사학자가 여행을 다녀와 쓴 기행문은 어떤 의미를 지닐까? 그 답은 티베트족, 회족, 몽골족, 위구르족의 삶의 현장을 답사하고 온 뒤 쓴 김호동의 《황하에서 천산까지》에서 찾을 수 있다. "내가 이 글을 쓴 목적은 이 민족들이 걸어온 역사의 페이지에 배어들어 있는 고통과 소망을 독자들이 알고 또 공감토록 하는 데 있다"고 서문에 썼다. 책의 부제를 '김호동 역사에세이'라 한 이유를 짐작할 만하다. 결국 역사학자의 기행문은 당의정일 수밖에 없는 모양이다. 낯설고 어려운 다른 민족의 역사를 좀 더 쉽고 편안하게 익히게 하는.

혹여 《황하에서 천산까지》에서 중앙아시아의 여러 여행지에 대한 정보를 구하려면 아예 읽지 말아야 한다. 이 책의 각 장은 처음에는 여행기 형식으로 쓰여 있지만, 읽다보면 어느덧 여행이야기는 사라지고 각 민족의 역사를 흥미롭고 친절하게 일러주는 대목을 만나게 된다. 그러면, 이 책은 여행서가 아닐까. 나는 아주 좋은 여행서라고 생각한다. 우리가 별로 관심 없어 했던 민족의 역사를 대략이나마 알 좋은 기회니, 이 책이야말로 지식여행을 도와주는 셈이다. 그의 말대로 이 책에서 다루는 네 개의 민족이 자치구를 이뤄 사는 지역은 중국 국토의 3분의 1에 해당한다. 티베트족과

사람들 속에서 내 청춘의 길을 찾다

회족이 다수 사는 지역을 포함하면 2분의 1에 육박할 거라 한다. 그런데도 우리는 이들 민족을 잘 알지 못한다. 승자만의 역사를 기억하고 있어서다. 어디선가 읽었는데, 중국 역사의 특징으로 두 가지를 꼽을 수 있단다. 하나는 통일과 분열의 반복이다. 우리가 좋아하는 중국 소설이 대체로 분열에서 통일로 가는 과정을 다룬 작품이라는 점을 상기하면 이해될 성싶다. 둘째는 중국 지배세력이 한족만이 아니었다는 점이다. 다른 민족이 한족을 지배하고 중국을 경영한 사례는 뜻밖에 많다. 오늘 비록 소수민족으로 전락해 있을지 모르나, 그들의 역사에는 중국을 통치했던 자랑스러운 과거가 있다. 그러니, 중국 역사를 제대로 알려면 중국을 구성하는 다양한 민족에 관심을 기울여야 마땅하다.

김호동이 먼저 찾아간 곳은 티베트 자치구와 청해성. 그는 기도하는 남루한 한 여인에게서 빈곤함과 고결함을 동시에 발견한다. 이 깨달음이 바로 오늘 티베트의 초상이리라.

모든 것을 잃어버리고 빼앗겼어도 없어지지 않고 빛나는 성스러움. 나는 그것이 바로 티베트의 영혼이라고 생각한다. 그것은 마치 그들이 '초모랑마'라고 부르는 산봉우리와 같다. 성스러운 어머니라는 뜻을 지닌 이 산은 우리에게 '에베레스트'라는 이름으로 익

여행자의 서재

모든 것을 잃어버리고 빼앗겼어도 없어지지 않고 빛나는 성스러움.
나는 그것이 바로 티베트의 영혼이라고 생각한다.
그것은 마치 그들이 '초모랑마'라고 부르는 산봉우리와 같다.

숙하다.

　달라이 라마로 대표되는 티베트는 중국에 가장 저항적인 소수 민족으로 알려졌다. 대체로 중국이 티베트를 강압으로 병합했고, 이에 티베트인들이 지속적으로 항거하는 것으로 알고 있다. 잘못된 정보는 아니나, 너무 표피적으로 알고 있다는 것을 김호동의 글을 읽으며 깨달았다. 티베트의 역사는 몽골과 밀접한 관련을 맺고 있다. 17세기 무렵 몽골인들이 티베트 불교로 개종했기 때문이다. 달라이 라마가 티베트 수장으로 지위를 확고히 한 것은 서몽골에 속하는 호쇼트 부족의 무력 덕분이었다. 내부의 분열과 갈등을 외세를 빌려 봉합했던 것이다. 역사를 보면 잘 알지만 다른 민족의 무력을 빌리면 그만한 대가를 반드시 치르게 되어 있다. 내정 간섭이 심했고, 6대 달라이 라마는 호쇼트 몽골군이 압송하던 중 죽게 된다.

　티베트의 앞날을 결정한 사건은 7대 달라이 라마를 둘러싼 청과 몽골의 대립과 충돌에서 비롯했다. 호쇼트 부족은 죽은 6대 달라이 라마 대신 다른 이를 달라이 라마로 옹립하며 티베트에 대한 영향력을 확대하려 했다. 이에 티베트는 저항했고, 호쇼트 부족에 맞서기 위해 준가르라는 몽골의 다른 세력과 연합했다. 전쟁을 승리로 이끌었지만 문제는 연금되어 있는 7대 달라이 라마를 구하기 위해 떠난 준가르가 청과 벌인 싸움에서 대패했다는 것이다. 이 사건의 의미를 정확히 이해하고 있던 이는 강희제였다. 티베트에 대한 몽골의 영향력을 줄이고 청이 실질적 지배에 들어갈 수 있는 절호의 기회라 여겼다. 강희제는 사천지역에 있던 청군에 7대 달라이 라마를 데리고 라싸로 진격하라고 명령했다. 이 작전이 성공하면서 티베트는 청의 보호를 받게 되었다.

흥미로운 것은 청이 티베트를 직접 통치하지 않았다는 사실이다. 한두 명의 대신과 소수의 군대를 남겨두어 감독권을 행사했을 뿐이다. 더욱이 18세기 말부터는 청이 잦은 내란과 외국 열강의 침략을 받으며 이를 추스르기도 급급한지라 티베트에 대한 영향력을 상실했다. 외침을 받은 티베트가 지원을 요청했으나 이에 응하지 못했다는 사실만 봐도 당시 상황이 어떠했는지 알 수 있다. 이러다보니 티베트는 청의 지배를 받았다고 생각하지 않았다. 그들은 양국 사이를 종교지도자와 세속적 후원자 정도로만 여겼다. 청이 무너지자 티베트가 독립을 주장한 것은 당연한 절차였다. 그러나 중국은 국민당이건 공산당이건 과거사를 들춰 티베트가 중국의 일부였다고 주장했다. 쌍방이 무력으로 이 문제를 해결하려다 얼마나 큰 희생을 치렀는지는 두루 아는 사실이다.

두 번째 방문지는 이슬람교도들의 땅인 감숙성, 영하회족자치구, 섬서성. 이 지역을 둘러보며 그가 받은 인상 가운데 핵심은 다음과 같다.

사회의 대다수 구성원이 믿지 않고 더구나 국가도 사교시하는 종교를 고수한다는 것이 얼마나 어려운 일인가. 중국의 회족들은 국가와 사회의 탄압과 질시 속에서 아마 자신들의 모습을 돌아보며 자문했을 것이다. 과연 우리는 누구인가. 우리가 어떻게 해서 이 땅에 살게 되었으며 무엇 때문에 이 같은 고통을 받는가. 이러한 의문은 곧 자기의 정체성에 대한 성찰이자 위기의식의 표현이기도 하다.

김호동이 당 태종의 꿈을 다룬 설화에 주목하는 이유가 여기에 있다. 설화란 현실적 패배를 상상의 승리로 바꿔 놓은 이야기이지 않던가. 설화는 역사나 현실이 아니라 집단적 열망이다. 중국의 회족들이 품은 소수자 의식이 반영된 설화를 제대로 읽는다면, 그들의 오래된 바람을 알아낼 수 있다. 이야기인즉슨, 당 태종의 꿈에 용이 나타나 그를 쫓아왔다. 그때 갑자기 녹색 겉옷을 걸치고 터번을 머리에 두른 사람이 나타나 용을 퇴치했다. 신하들

여행자의 서재

에게 해몽하라고 하니, 마침 비슷한 차림새의 예언자가 있다 해서 모셔오기로 했다. 사연을 들은 예언자는 자신이 못가는 대신 사신과 3000명의 군인을 보냈다. 당 태종을 만난 사신은 카신. 불교 승려와 토론을 벌였는데, 이 기회로 이슬람의 우수성을 널리 알리게 됐다. 당 태종은 중국인 3000명을 아라비아로 보내고 한족 여성을 부인으로 주어 아랍인들이 중국에 뿌리를 내리게 해주었다. 이들의 후손이 바로 회족. 김호동은 이 설화에 담긴 의미를 "조상이 외국인이라는 점을 강조함으로써 회족과 한족의 차별성을 확보하는 것, 중국사에서 가장 뛰어난 명군의 하나로 꼽히는 당 태종의 권위를 빌려 회족이 중국에 사는 '존재 이유'를 밝히는 것, 마지막으로 자신들이 믿는 종교의 우월성을 확인"한 것이라 해석한다.

김호동이 찾은 신강위구르자치구도 600년 전 이슬람으로 개종한 지역이다. 이 기행문을 읽으며 부끄럽게도 처음 알게 된 사실이 있다. 신강新疆이라는 말은 청이 위구르인들이 사는 지방을 정복한 다음, 새로운 강역이라는 뜻에서 붙였다고 한다. 위구르인에게는 모욕적인 말이건만, 아무렇지도 않게 썼다니 참으로 한심한 노릇이 아닐 수 없다. 그럼에도 위구르인들은 1864년 독립해 13년 동안 독립국을 건설한 바 있다. 야꿉 벡이라는 걸출한 인물 덕이었

사람들 속에서 내 청춘의 길을 찾다

는데, 허망하게도 그의 전술적 오판으로 다시 청의 지배에 들어가 버렸다. 현지인들이 야꿉 벡의 것이라 믿는 무덤은 한쪽 귀퉁이가 허물어져 있고, 안은 비어 있었다. "그의 무덤이 위구르인들의 좌절된 독립에의 희구를 상징적으로 말하는 것 같기도 했다"는 것이 김호동의 소감이다.

세 번째는 칭기즈칸 후예들이 사는 내몽골자치구. 이곳을 돌아본다면 누구나 "민족마다 흥망성쇠가 있다지만 이들처럼 확연하게 명암이 갈리는 경우도 흔치는 않으리라. 조상들이 정복과 약탈을 통해 흘리게 했던 피의 업보일까"라는 김호동의 감상에 동의하지 않을 수 없으리라. 이 책에 소개된 몽골역사 가운데 주목을 끌 만한 것은 몽골제국 몰락사에 고려 여인이 깊이 개입되어 있다는 사실이다. 기황후. "영악한 성품에 살구 같은 얼굴, 복숭아 같은 뺨, 그리고 여린 버들 같은 허리"라고 그녀를 묘사한 기록이 남아 있다. 고려의 공녀 가운데 하나로 몽골의 궁녀가 되었으나 마침내 원의 황후 자리에 올랐다. 아들을 낳은 다음부터 기세가 등등하여 정국을 쥐락펴락했다. 욕심이 과했다. 황제에게 제위를 양위하라고 압박하다 이것이 사달이 되어 내란을 겪었다. 마침 명을 일으킨 주원장이 내분에 빠진 원을 쳤으니, 몽골인들은 장성을 넘어 자신들의 시원으로 쫓겨가고 말았다.

몇 년 전 책 제목대로 황하에서 천산까지 여행을 다녀온 적이 있다. 그때 받은 인상은 소수민족의 땅에 한족이 대거 진출하고 있다는 것이었다. 통일 중국을 유지하려는 중국 당국의 책략으로 느꼈다. 이런 식으로 상황이 펼쳐진다면, 소수민족의 역사나 문화는 위축될 수밖에 없다. 우리가 알게 되는 역사도 한족 중심으로 강화될 수밖에 없다. 김호동의 기행문은 우리에게 소수민족 내부의 목소리에 귀 기울이게 한다. 거기서 우리는 어떤 메시지를 들을 수 있을까. 역사라는 이름으로 벌어지는 잔인한 변덕일까, 아니면 옛 영화를 잊지 않은 자존심 높은 소수민족의 긍지일까? 한 역사가가 들려주는 슬픈 중앙아시아의 역사에서 우리가 곱씹어 볼 것은 많다.

사람들 속에서 내 청춘의 길을 찾다

4장

장막을 걷어라, 창문을 열어라

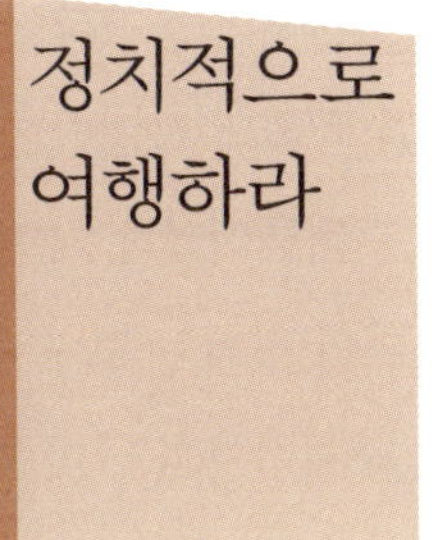

마추픽추 정상에서 라틴아메리카를 보다
• 손호철 지음

한 정치학자가 남미 여행을 계획하며 "지적 고향을 향한 성지순례"라 말한 것은 뜻밖의 수사인 데다 과장법으로 보인다. 일단, 우리 학문이 서구이론에 편중돼 있다는 것을 알고 있는 마당에, 스페인문학 전공자도 아닌데 지적 고향이라 말한 것이 선뜻 이해되지 않는다. 더욱이 성지라니. 그러기에는 남미가 우리 역사에 미친 영향의 흔적은 너무 미미하다. 그렇지만 앞의 말을 한 손호철이 쓴 《마추픽추 정상에서 라틴아메리카를 보다》를 읽다보면 대략 동감하게 된다.

비극의 역사라면 우리도 남 못지않다. 그러나 남미가 오랜 세월 흘린 피눈물과 비교할 수는 없다. 식민지와 독재, 그리고 경제적

장막을 걷어라, 창문을 열어라

종속이라는 올무에 걸려 남미는 수세기에 걸쳐 비명을 질러왔다. 남미에서 종속이론과 해방신학이 꽃필 수밖에 없던 사정이다. 이 이론이나 실천은 암흑 시절 우리를 비춰주는 등불이었다. 특히 신자유주의의 광풍을 우리보다 앞서 맞은 남미의 정치와 경제는 기실 예고된 우리의 미래이기도 했다. 그러니, 정치학자의 남미 기행은 남다를 수밖에 없는 법이다.

손호철은 2001년부터 2006년까지 다섯 차례에 걸쳐 남미를 여행했다. 혁명의 근원지를 찾아가기도 했고, 패배의 현장에서 아쉬움을 토해내기도 했다. 새로운 혁명이 불타오르는 곳에서는 희망을 느꼈지만, 황폐해진 고대문명의 유적지에서는 역사의 무상함을 확인하기도 했다. 그가 남미를 바라보는 시선은 진보적 정치학자의 그것에 현장감 있는 기자의 것이 겹쳐 있다. 세계화가 몰고 온 폐해를 주제로 직접 보고 만나고 듣고 한 것을 기록한 생생함이 장점이다. 그렇다고 여행의 묘미, 그러니까 자연이 주는 놀라운 경탄이나, 이질적 문화가 몰고 오는 신선한 충격이 빠져 있는 것은 아니다. 그가 간 곳이 어디인가. 아마존이 있고, 삼바가 있으며, 잉카문명이 남아 있는 곳이지 않은가. 아무리 날선 감각으로 남미의 정치와 경제, 그리고 역사를 훑어보리라 결심했더라도, 갓 잡은 참치회와 올리브유 샐러드를 먹고서는 "난생 처음으로 음식을 먹으면서 오르가슴을 느꼈고 눈물을 흘리기도 했다"는 말을 빼먹을 수는 없는 노릇이다.

그럼에도 손호철의 기행문은 지극히 정치적으로 읽어야 한다. 남미는 우리의 미래를 비추는 다면체의 거울이다. 누구도 제 눈으로 제 얼굴을 볼 수는 없다. 비춰진 얼굴을 볼 수 있을 뿐이다. 어쩌면 여행이란 거울을 만나는 일인지도 모른다. 선입견과 편견, 그리고 아집에 물든 만큼 더 멀리, 더 자주 여행을 떠나야 할지 모른다. 그 거울에 비친 우리의 몰골은 어떨까. 결론부터 말하자면, 남미와 같기도 하고 다르기도 했다. 그러니, 그의 기행문은 "같다, 그러나 다르다"를 열쇳말로 해 읽어야 한다.

먼저, 같다. 브라질을 방문한 손호철은 자신에게 학문적 영향을 끼쳤던 카르도주를 떠올린다. 1970년대 우리나라와 브라질 같은 신흥공업국의 등장은 종속이론을 위기로 몰고 갔다. 이때 이론의 구원투수로 등장한 이가 카르도주이다. "브라질의 기적은 미국의 다국적 기업이 남미시장 정복을 위해 현지법인을 만들어 이룬 종속적 발전에 불과하다는 주장을" 펼쳤다. 그런데 바로 그 사람이 브라질의 대통령이 됐다. 한때 군사정권의 탄압을 피해 망명까지 갔던 진보 학자가 대통령이 되었으니, 브라질은 새로운 역사를 쓰게 되었을까? 아니었다. 기대와 달리 외국자본 유치에 힘쓰며 레이건류의 보수적인 경제정책을 펼쳤다.

그렇다면 노동자 출신의 룰라는 어땠을까? 국내에 상당히 긍정적으로 전달된 바와 달리, 그 역시 신자유주의 정책을 광범위하게 펼쳤다고 한다. 얼마나 실망이 컸으면 브라질 시민들이 "카르도주 정권을 포함한 역대 우파정권보다 더 우경적인 정권"이라 비판하고 "말만 많고 행동은 없는 NATO^{No Action, Talk Only} 정권"이라 비아냥거렸겠는가.

아르헨티나에서도 비슷한 현상을 목격한다. 이 책에서는 주류언론이 말하고 있는 것과 다른 이야기들을 여럿 볼 수 있는데, 그 가운데 하나가 페론에 대한 평가다. 그의 부인인 에비타의 삶과 얽혀 추문의 대상이 되거나 선동적인 정치가로 인식됐는데, 이 책에는 상당히 긍정적인 면이 돋을새김돼 있다. 제국주의 세력과 결탁한 지주세력의 영향력을 약화시키고, 노동자들과 연계해 민족자본을 육성한 공을 높이 평가하고 있다. 아르헨티나의 비극은 1960년부터 시작됐다. 세계경제 10위권에 있던 아르헨티나의 경제가 빠른 속도로 몰락해갔다. 그 원인이 강성노조와 복지국가 정책에 있다며 신자유주의자들의 대공세가 펼쳐졌다. 결과는? 말해 무엇 하겠는가. 국가부도 사태가 벌어지고, 2주일 동안 대통령이 다섯 명이나 바뀌는 초유의 사태가 일어났다. 아르헨티나에서 손호철은 "시장주의 처방을 강제해온 워싱턴 콘센서스와 신자유주의"의 파탄을 목격했다.

닮아도 너무 닮지 않았는가. 손호철이 김대중과 노무현 정권을 매섭게 질타할 만하다. "진보적 이미지와 달리 집권 후 레이건, 대처 부류의 친미적이고 보수적인 경제정책을 폈던 김대중 전 대통령" "김대중 정부가 무비판적으로 도입한 신자유주의를 수정하려는 노력을 전혀 보이지" 않았던 노무현 전 대통령은 남미의 실패를 교훈으로 삼지 않았던, 지지층의 기대를 저버린 정치인에 불과했다. 두 사람에 대한 비판의 칼은 김대중, 노무현 정부가 박정희, 전두환보다 사회 양극화를 더 심화시켰다는 대목에서 최고조에 이른다. 가장 민주적인 절차로, 가장 진보적 가치를 내걸고 집권했건만, 그 결과는 가장 "반서민적인 정권"이 되고 말았으니, 참으로 우리 현대사의 역설이 아닐 수 없다. 울적한 마음을 달래주고 힘을 북돋워주는 말은 루이스 브레세르 페레라 '브라질 정치경제' 편집장이 해주었다.

룰라처럼 승리지상주의가 되면 안 된다는 것이다. 우파보다 더 우파적 정책을 펼 바엔 무엇 때문에 집권을 하는가. 프랑스의 철학자 가타리가 잘 지적했듯이 집권하면 그 자체가 우파이며 '이 세상에 좌파정부란 없다'는 말을 잊지 말기 바란다.

정치의 자장에서 독립해 있는 시민영역이 얼마나 귀중한지 일러주는 말이다. 권력의 향배와 관계없이 늘 긴장하고 비판하고 대안을 제시하는 시민운동단체가 있지 않고서는 더 나은 미래를 꿈꿀 수 없는 법이다.

손호철이 남미에서 확인한 것은 중국의 힘이다. 이 점에서도 우리와 다를 바 없다. 수출입에서 중국이 차지하는 비중이 미국이나 일본을 앞선 사실은 두루 알려졌다. 브라질 경제가 개선된 것은 중국의 성장과 밀접한 연관이 있었다. 세계 최대 철광석 생산업체인 CVRD는 중국 수출의 효율성을 높이기 위해 세계 최대 규모의 수송선을 주문했다고 한다. 아마존에 있는 광산은 중국의 주문을 소화해내느라 24시간 가동 중이라고 한다. 중국 특수 덕에 2003년 수출실적이 철광석은 85퍼센트, 농산물은 60퍼센트 이상 늘어났다고 한다. 브라질만이 아니다. 아르헨티나·파라과이·볼리비아의 대두 수출이 늘어나고, 칠레와 페루의 구리 수출이 활기를 띤 것이 다 중국 덕이라고 한다. 이 책을 보면 중국의 통 큰 자원외교가 얼마나 넓게, 그리고 치밀하게 이루어지고 있는지 짐작할 수 있다. 세계는 다들 '포스트 아메리카'를 준비하며 중국과의 관계를 재정립하고 있다. 그런데 우리는 대북관계를 경색국면으로 몰고가며 미국에 더 밀착하고 있다. 훗날 이 역주행은 어떻게 평가받을까? 세계사의 판도를 잘못 읽어 국가의 미래를 망쳤다는 소리를 듣지 않을까 두렵다.

다른 것도 있다. 남미는 민주화 열기 속에서 군사정권을 퇴진시켰다. 그럼에도 여전히 그 짙은 그림자에서 벗어나지 못한 것이 현실이다. 정당한 절차로 뽑힌 아옌데 정권을 실각시키고 온갖 만행을 저지른 피노체트도 결국 법의 심판을 받지 않았다. 다른 남미 국가들도 민주화 이후 진상규명이나 책임자 처벌보다 당사자들을 서둘러 사면하고 말았다. 기득권에 대한 두려움 때문에 과거사를 청산하지 못한 셈이다. 이에 반해 우리는 쿠데타로 정권을 잡았던 두 전직 대통령을 사법 조치했다. 물론 만족할 만한 수준은 아니지만, 남미 쪽에서 보면 대단하게 여길 만하다. 손호철이 만난 남미의 학자나 언론인들은 이구동성으로 "한국이 경제성장만이 아니라 과거청산에서도 자신들이 할 수 없는 모범을 보이고 있다"며 부러워했다. 우쭐할 일은 아니다. "한국은 노동운동, 농민운동,

학생운동이 놀라울 정도로 발달해 있으면서도 정작 커뮤니티(지역공동체) 운동은 발달하지 않은 것 같다"는 지적은 귀담아들을 필요가 있다.

얼핏 보면 쿠바와 북한은 이란성 쌍생아 같다. 반미와 자주를 강조하고, 한 사람이 30년 이상 장기 집권했거나 하고 있다는 점이 비슷하다. 거기다 소련 이후 경제위기를 겪고 있는 점도 같다. 그럼에도 두 나라는 다르다는 것이 손호철의 관찰 결과다. 쿠바에서는 카스트로의 동상을 찾아보기 어려웠단다. 그만큼 우상화가 진행되지 않았다는 말이다. 서점에는 부르주아 학자부터 정통 마르크스주의에 비판적인 인물의 책까지 두루 갖춰져 있었다. 사상과 학문의 자유를 보장한다는 증거다. 다양한 선전구호나 포스터도 훨씬 세련되었다. 이 모두를 손호철은 '유연성'이라는 말로 정리했다. 북한의 경직성에 대한 비판을 에둘러 말하고 있는 것이리라.

정치라면 넌덜머리가 나는데, 정치적 견해가 짙게 담긴 여행기를 무엇 때문에 읽느냐고 투덜거리지는 말자. 정치가 바로 서야, 경제가 제대로 운영되고, 그래야 우리 삶의 질이 높아진다. 그렇다면 손호철이 남미를 톺아보며 느낀 이상적인 삶은 무엇일까. 한마디로 호모 파베르(작업인)에서 호모 루덴스(유희인)로 변화하기다. 그가 이 사실을 절실히 느낀 것은 브라질에서다. 그곳은 일하는

장막을 걷어라, 창문을 열어라

나라가 아니라 노는 나라였다. 일에 쫓기고 찌든 삶을 살지 아니하고, 즐기며 사는 풍경으로 그득했다.

이과수폭포에서 늙은 교포를 만나 이야기를 나누다 "돈 많이 벌었겠네요"라고 했더니, "아니, 돈 벌러 왔나요? 삶을 즐기러 왔지. 궁색하게 살지 않으면서도 이곳에서 산 반평생 동안 사람 사는 것이 이런 것이구나 싶게 원 없이 즐기며 살았습니다"라는 답변이 돌아왔다. 손호철은 이 대화에서 신선한 충격을 받았다. 이 땅에 사는 누가 자신의 삶을 되돌아보며 유쾌하게 즐기며 살았노라고 말할 수 있겠는가. 경제적 성공은 목적이 아니라 수단이어야 하거늘, 우리는 전도된 가치에 얽매여 살고 있지 않은가. 손호철은 이런 삶을 일컬어 "라틴적 삶"이라 말한다. 이를 달리 정의하면 "덜 생산하고, 덜 소비하고, 조금 더 가난하더라도 자기 시간을 더 많이 가지면서 삶의 질을 높이는" 삶이라 할 수 있을 터이다. 손호철은 깨어 있는 시민이 함께하면 우리도 라틴적 삶을 살 수 있다 힘주어 말하고 싶어 남미 기행문을 쓴 것인지도 모르겠다. 다시, 정치에 관심 기울이고 현실에 참여하지 않고서는 못 이룰 꿈이다.

여행자의 서재

모든 걸 버리고 떠나라

싸구려 모텔에서 미국을 만나다
• 마이클 예이츠 지음

이제는 됐다 싶었다. 지겹고 힘겹고 지쳤다. 사표 쓰고 짐 정리하고 여행을 떠나기로 했다. 35년 동안 했으면 됐지 그 일에 더 연연할 필요가 무에 있겠는가. 부창부수라, 아내도 동의했다. 애들은 제 밥벌이 하고 있다. 운도 좋았다. 주식시장이 활황이었던지라 연금이 두 배로 불어나 있었다. 55세가 되면 비과세로 연금을 타먹을 수 있다. 알토란같은 돈을 한 푼도 빼앗기지 않으니 얼마나 좋은가. 4~5년 전부터 이 날이 오기를 기다렸다. 드디어 감행했다. 남들이 들으면 놀라자빠질 일일지 모른다. 피츠버그대학 존스타운 캠퍼스의 경제학 교수 자리를 때려치웠다.

세상이 반값 등록금 문제로 시끌벅적하다. 당연히 반값으로 내

장막을 걷어라, 창문을 열어라

려야 한다. 아니, 공짜면 더 좋다. 그런데 등록금 문제가 해결되면 대학은 잘 굴러갈까. 아니다. 교수직 때려치우고 대륙을 실컷 방랑한 다음《싸구려 모텔에서 미국을 만나다》를 쓴 마이클 예이츠에 따르면, 더 근본적인 문제가 있다. 그 자신 노동자의 아들이다. 대학원까지 진학한 마당에 부와 명예에 대한 꿈을 숨길 수 없었다. 그러나 베트남 전쟁이 그를 존스타운에 계속 머물게 했다. 대학에서 강의하면 전쟁터에 끌려가지 않았다. 마침 가르치는 일이 즐거웠다. 대부분의 학생들이 노동계급 출신인지라 사명감마저 느꼈다. "우리 경제체제의 현실을 가르침으로써 학생들이 세상을 더 잘 헤쳐 나가기를 바랐고, 나아가서는 세상을 변화시키기를 원했다." 지나고 보니, 교수라는 직업이 괜찮아 보였다. 존경받았고, 자신의 말에 사람들이 귀 기울였다.

좋았던 시절은 오래 가지 않았다. 1980년대 들어 철강공장이 도산하면서 지역경제가 곤두박질쳤다. 과거처럼 노동자 자녀가 대학에 들어올 생각은 꿈도 꾸지 못했다. 대학당국은 궁여지책으로 피치버그 인근 교외 지역에 사는 중간계급 학생들을 적극적으로 유치했다. 학교는 살아났지만, 공부하는 풍토는 완전히 바뀌어버렸다. "새로 들어온 학생들은 대부분 고집쟁이, 바보에 가까웠다." 대체로 노력하지 않고 학위를 얻으려는 속셈이었다. "학사학위는 일종의 상품으로 인식"되었다. 지성의 전당은 반지성의 온상으로 바뀌었다. 모든 것이 학생 탓이라 할 수는 없다. 이런 상황을 조장한 사회구조에도 문제가 있었다. 대학이 뿌리째 흔들리는 현상을 그는 다음처럼 증언한다.

> 대략 레이건 정부시절부터 대학은 이윤을 지향하는 일종의 회사로 변모되었다. 마케팅 전문가를 채용하고, 학교직원의 직함을 기업에서 사용하는 것과 같은 직함으로 바꾸고, 특허권을 구매하고, 기업의 앞잡이가 되는 것이 공익을 위한 연구인 것처럼 포장하고 '배움'과 멀어지고, 가장 많은 수익을 내는 사람에게 비정상적으로 높은 봉급을 지급하고, 백만 달러짜리 운동지도자를 영입하고, 교육을 상품화하고, 학생을 소비자로 모시고, 인문학과 사회과학을 위한 기금을 축소하고, 열심히 공부하는 일을 전반적으로 경시하는 현상이 나타났다. (…) 학생들은 쉽게 가르치는 교사들의 수업이나 경영학, 신문방송학 같은 쉬운 전공으로 몰려들었고 학교의 상황은 갈수록 악화되었다.

대학 현실에 조금만 관심 있어도 남의 일이 아니라는 점을 쉽게 간파했을 터다. 우리 대학도 마찬가지다. 미국이라고 왜 나쁜 것

장막을 걷어라, 창문을 열어라

만 있겠는가. 세계 패권은 아무나 거머쥐는 것이 아닌 법이다. 그런데 유독 우리에게 나타나는 현상은 미국의 부정적인 현상뿐이다. 닮아도 하필 나쁜 것만 닮았는지 모르겠다. 하여튼 그는 질려버렸다. 박차고 나오기로 했다. 마침 기회도 좋았다고 하지 않았던가. 정말, 잘한 일이다, 라고 할 수밖에 없는 것이 여행하면서 그가 느끼고 깨닫고 기꺼워하는 장면들 때문이다. 교수였지만, "주변의 아름다움을 보고, 관조하고, 즐기면서 보낸 적은 거의 없었다." 기득을 버리고 유목민처럼 대륙 곳곳을 떠돌아다니면서 그는 자연이 주는 놀라운 세계에 접속한다. "자연의 어마어마한 규모와 거침없는 태도"에 경외감을 품게 되고, "놀라움으로 가득한 사막에서 거의 손에 잡힐 듯한 진홍색 태양과 빛나는 달을 보는 일"에 비견할 만한 것이 없음을 인정한다. 뭇 순례자들이 그렇듯 그의 인생관도 바뀐다. "아름다움, 관조, 향유 같은 정서는 단순한 인생의 부속물이 아니었다. 그것이 바로 인생이었다."

그렇다고 그의 여행이 한량의 음풍농월이었다고는 오해하지 말 것. 배운 도둑질은 쉽게 못 버리게 마련이다. 이 양반, 나름 진보적인 경제학자다. 통계자료만 보고 노동 상황이 이러쿵저러쿵 떠벌려왔으나, 이번 기회에 삶의 현장을 속속 들여다보기로 했다. 신자

"놀라움으로 가득한 사막에서 거의 손에 잡힐 듯한 진홍색 태양과
빛나는 달을 보는 일"에 비견할 만한 것이 없음을 인정한다. 뭇 순례자들이
그렇듯 그의 인생관도 바뀐다. "아름다움, 관조, 향유 같은
정서는 단순한 인생의 부속물이 아니었다. 그것이 바로 인생이었다."

유주의가 세상을 장악한 다음, 불평등 구조는 얼마나 심화되었는지, 노동현장은 얼마나 열악해졌는지, 환경은 얼마나 파괴되었는지 톺아본다. 이 점이 먼저 궁금하다면 목차에서 노동, 불평등, 환경이라고 된 부분의 쪽수를 찾아 읽어보면 된다. 너무 무거운 내용을 여행기에서마저 읽고 싶지 않다면 건너뛰어도 된다. 하지만 피할 수는 없다. 그의 여행기에는 "여행을 하면서 불평등이 증가하고, 노동의 가치가 폄훼되고 소외되며, 환경이 파괴되는 것을 목격했다"는 내용이 구체적인 사례와 경험을 바탕으로 줄기차게 나오기 때문이다.

그런데 새삼 궁금해지는 것이 있다. 연금이 얼마나 나오기에 부부가 주야장천 여행만 할 수 있을까 싶다. 미국 대학교수들은 월급을 많이 받아 연금 많이 나오는가보다 할 수도 있겠다. 엄살인지는 몰라도 그렇지는 않단다. 빠듯하단다. 그런데 이 책만 해도 5년에 걸쳐 북아메리카 대륙을 종횡무진 싸돌아다닌 결과를 기록한 것이고, 그는 지금도 여행을 다니고 있다고 한다. 불가사의일까? 아하, 방법이 있었다. 실마리 하나는 책제목에서 얻을 수 있다. 싸구려 모텔 이용하기다. 방문객센터에 가면 모텔 할인권 모음을 주는 모양인데, 이를 잘 활용했다. 책에 보면, 여행을 마치면 책을 쓸 예정이라고 말해 할인받는 이야기도 나온다. 우리로 치면

슬쩍 파워블로거라 말해 홍보효과를 노린 모텔 주인의 선심을 끌어내는 방식이라 하면 될 성싶다. 하여튼 어느 마을이든지 발품을 팔아야 더 좋으면서 싼 곳을 구할 수 있다는 귀띔도 해준다. 그러면 밥은? 그가 가장 신경 쓴 대목이 이 부분이다. 아들들이 요식업에 종사하는지라 사먹는 음식의 재료가 얼마나 형편없는지 잘 알고 있었고, 패스트푸드는 건강에 나쁠 뿐만 아니라 비용을 감당할 수 없었다. 그래서 해먹기로 했다. 고심 끝에 내린 결론은 불구멍이 두 개 달린 휴대용 전열기를 이용하는 것이다. 혹시 몰라 적어놓는데, 그가 애용한 전열기는 토스트마스터사에서 나온 40달러짜리였다. 알뜰 여행가들이라면 한번 이용해보면 좋을 듯하다. '알바'도 했다. 첫 여행지에서 그는 호텔 데스크 점원으로, 아내는 식당 호스트로 돈을 벌었다.

이 책에서 눈여겨볼 두 도시가 있다. 한 곳은 맨해튼. 아내가 이 동네 한번 갔다 오더니 자신이 살고 싶었던 곳이라 말했다. 아내는 폐석탄으로 넘쳐난 가난한 광산마을 출신이다. 마침 진보적인 잡지 《먼슬리 리뷰》 편집자로 일할 수 있었다. 그래서 살아보기로 했다. 그는 말한다. "맨해튼은 정말 놀라운 곳이다"라고. 긍정적일 수 있는 말이다. 그러나 "맨해튼은 새로 온 사람들이 주눅 들기 쉬운 곳"이기도 했다. 그는 교단에 선 첫해인 1969년 《먼슬리 리뷰》

장막을 걷어라, 창문을 열어라

를 알게 되었다. 다음해 후원회원이 되었고, 1972년에는 첫 논문을 투고했다. 비록 실리지는 않았지만 그 유명한 폴 스위지의 격려 쪽지를 받았다. (아, 폴 스위지! 얼마나 오랜만에 들어보는 이름인가. 모리스 돕과 자본주의 이행논쟁을 벌였던 진보적인 경제학자. 논쟁에서 상대방 논증의 우수성을 인정했던 인물. 이 책에서 보니 폴 스위지는 급진적이라는 이유 때문에 대학의 종신 재직권을 얻지 못하자 교수직을 포기했단다. 진보로 살아가기의 어려움이라니!) 이 대목을 읽다보면 7~80년대 우리 사회 지식인들이 계간 '창작과비평'을 대하던 태도와 유사하다는 점을 발견한다. 그런 인연이 있는 잡지의 편집자가 되었으니 얼마나 신났겠는가.

더욱이 맨해튼에는 진보 인사들이 널려 있었다. 근데 싫증이 나기 시작했다. 영어가 모국어가 아닌 지역에서 보낸 원고를 뜯어고치는 일이 신물이 났다. 우리로 치면 강남좌파에 해당하는 인물들의 이중성에 넌더리가 났다. 그리고 맨해튼은 너무 시끄러웠고 한

밤에도 너무 밝았다. 잡지와 인연을 계속 맺기로 하되, 다시 방랑 길에 오르기로 했다. 그의 맨해튼 생활기를 보며 우리의 강남좌파들이 생각났다. 나는 우리 사회에 강남좌파가 필요하다고 본다. 자신의 지위와 경제상황과 관련 없이 정의와 양심의 관점에서 진보 가치를 지지하는 집단은 반드시 필요하다. 그들의 사회적 영향력이 크다면 더욱 의미가 있다. 그러나 한계를 인정해야 한다. 지원자여야 하지 주도자여선 안 된다. 삶의 토대가 우리의 정치적 상상력을 가로막게 마련이다. 맨해튼을 떠나는 그의 심정을 읽어보면 이해하리라.

맨해튼이 굉장한 도시라는 것 외에도 내가 이곳에 온 이유는 또 있었다. 맨해튼은 진보정치와 진보적 사상의 중심지다. 진보정치의 목표는 온갖 종류의 불평등을 끝장내는 것이다. 또한 노동하는 남녀를 해방시키고 자신이 역량을 최대한 발휘하도록 격려하는 것이다. 나는 이런 창조적 소동의 일원이 되고 싶어서 이곳에 왔지만 이곳에서 내가 만났던 지식인들은 내 기대에 부응하지 않았다. 그들은 뉴욕 외의 다른 지역은 무시했다. 또 이곳에 있는 자신의 친구들이 생각하고 실천하는 것이 다른 모든 사람들의 생각이고 실천이라고 생각했다. 이런 태도는 나를 당황하게 만들었다.

장막을 걷어라, 창문을 열어라

다른 곳은 허리케인 카트리나가 덮쳤던 뉴올리언스 지역이다. 여기서 그는 도덕적 분노를 쏟아놓는다. 가난한 유색인종에 잔인한 미국의 실상을 까발린다. 이 책을 읽으며 계속 느끼는 바이지만, 거대한 미국이라는 제국은 밑동부터 썩어가고 있었다. 정말 얼마나 버틸지 모르겠다는 생각이 절로 든다. 자연재해를 예방하는 조치가 취해지지 않았고 재해가 일어났을 때 적극적으로 구제하려 하지 않았고, 수습을 위한 노력을 기울이지 않았다. 지금 미국은 "가난한 사람들이 교육도 못 받은 채 가망 없는 직업에 종사하면서, 아프고 병들거나 감옥에서 생애를 마치게" 수수방관하고 있다.

그는 자신을 일러 행운아라 말했다. 겸손한 말이다. 그럼에도 만연된 불평등을 확인한 사람으로서 고백할 수밖에 없었다. 그는 이 여행기를 통해 "모든 사람들이 더 자유롭게 살아갈 수 있는 세계를 창조하는 투쟁에 동참하도록 영감을 불어넣을" 수 있기를 바랐다. 책상머리를 박차고 현장을 본 경제학자의 진단은 놀랍게도 오늘, 이 땅의 현실과 별반 다를 바 없었다. 어찌해야 심각해진 불평등을 해소하고 파괴된 환경을 재건하며 신명나는 일터를 만들 수 있을까. 여행이 끝나 짐을 풀려 하니, 새로운 길을 찾기 위해 들메 끈을 고쳐 매라 한다.

장막을 걷어라, 창문을 열어라

나만의 여행기를 써라

지중해 문화기행 • 이희수 지음

놀랐다, 책을 읽으면서. 한 사람이 도대체 이 정도로 많은 나라와 도시를 여행하며 한권의 책을 쓸 수 있을까? 아니, 이 질문은 잘못되었다. 쓸 수 있으니 내가 책을 읽고 있는 게 아닌가. 그렇다면, 한 사람이 이 지역에 대한 애정과 열정이 얼마나 컸으면 이런 책을 쓸 수 있을까,로 질문을 바꿔야겠다. 3대륙 10개국 33개의 도시에 대한 기행문을 한 권에 모아놓았다. 의심하리라, 주마간산 격이라고. 맞다. 그 많은 내용을 한 권에 담으며 각 나라나 도시에 대해 깊이 설명할 수는 없다. 그렇지만 내공은 충분히 느껴진다. 맥을 정확히 짚어주고 있다는 말이다. 이희수가 쓴《지중해 문화기행》을 읽고 나서 느낀 소감이다.

여행자의 서재

지은이의 약력을 보면 고개를 주억거리게 된다. 그래서 이런 기행문이 가능했구나 하며 말이다. 터키 국립이스탄불대학에서 박사학위를 받고, 튀니지와 사우디아라비아 등지에서 20년 동안 이슬람 문화를 연구했다. 알려진 대로, 우리 사회에 극히 적은 이슬람권 문화전공자이다. 거기다 실마리를 주는 말이 나와 있다. "수많은 해외문화 탐방기획을 통해 문화를 대중과 함께 공부하는 프로그램에도 적극적으로 참여"했다고 한다. 책에 간간이 유명 인사들이 나오는데, 아마도 그가 기획한 지중해 여행 프로그램을 함께한 모양이다. 현지에서 오랫동안 연구한 공력에, 여러 기회로 지속적으로 일반인들과 여행을 한 이력이 한권에 오롯이 담겨 있는 셈이다.

책을 읽다보면 각 나라 여행기를 따로 한권씩 펴내도 되겠다 싶은 마음이 절로 든다. 그런데도 지은이는 왜 한권의 책으로 냈을까. 속내를 정확히 알 수는 없으나 짐작 가는 바는 있다. 지중해하면 어떤 나라가 떠오를까. 내남없이 그리스가 먼저 생각날 터이고, 다음으로 로마나 이탈리아를 꼽을 것은 뻔한 이치다. 우리에게 지중해는 유럽문명의 발상지라 인이 박였다. 지은이는 바로 이런 우리 안의 오리엔탈리즘에 의문을 제기하고 싶었을 성싶다. 과연 그런가? 지중해가 유럽문명의 남상濫觴인가. 그러니 그의 발걸음이 바빠질 수밖에. 터키를 시발점으로 그리스와 이탈리아를 둘러보

장막을 걷어라, 창문을 열어라

고, 프랑스와 스페인에 가보고, 모로코·튀니지·리비아를 톺아보
고 이집트와 레바논까지 갔다. 지은이는 가장 교양 있게 우리를
압박한다. 이래도 지중해를 유럽의 눈으로만 볼 것이냐고.

물론 지중해를 다른 시각에서 얼마든지 사랑할 수 있다. 보이는
대로, 그러니까 에메랄드 빛의 바다와 흰색의 건물이 조화를 이
루는 천혜의 휴양지로. 아니면 인간의 욕망과 꿈을 넉살 좋게 신
의 이름으로 빚어낸 드라마틱한 신화의 고장으로. 더 있다. 인류의
위대한 예술혼이 남겨놓은 빛나는 예술품들이 즐비한 곳으로. 다
맞다. 그렇지만 지은이를 따라 지중해 여행을 떠나기 전 분명히 알
아두어야 할 것이 있다. 그래야 이 책의 묘미를 놓치지 않으니까.

지중해 문명의 현장은 공존과 화해의 정신이고, 문화는 섞일수
록 아름답고 발전한다는 문화법칙을 확인시켜준 생생한 현장이다.

이 책의 출발점이 터키 이스탄불인 것부터 시사하는 바 크다.
유럽대륙의 꼬리뼈에 해당하는 곳에 자리 잡았으나 그곳은 동양
문화의 한 상징이다. 지중해의 세계사적 상징을 보여주는 도시로
이만한 곳이 어디 있겠는가. "유럽과 아시아를 동시에 품어 안고
있는 이스탄불은 이처럼 동양과 서양을 다리 하나로 이어주는 역

할"을 하고 있다. 가장 완벽한 존재는 자웅동체이다. 플라톤의《향연》을 보라. 인간은 본디 자웅동체였다 하지 않던가. 구별하고 차별하는 것이 정상이 아니다. 갈마들고 융합하고 긴장된 통일을 유지하는 것이 옳은 것이다. 튤립에 얽힌 일화가 그것을 증명한다. 튤립은 유럽에 알려지기 전부터 오스만 제국 왕실의 상징이었다. 튤립이 유럽에 소개된 것은 오스트리아의 문익점 덕이었다. 16세기 이스탄불에 주재하던 오스트리아 대사가 튤립종자를 몰래 오스트리아 궁정으로 반출했다. 이후 유럽에서 튤립 열풍이 분 것은 두루 아는 사실이다. 흥미로운 것은 유럽에서 개량한 튤립을 터키가 수입했다는 사실이다. 차나칼레 공원에 가득 피어난 튤립은 역사란 본디 그런 법이라는 잠언을 전해준다.

에페수스의 유적을 보더라도 이슬람 문화권에 대한 편견은 여지없이 깨져나간다. 먼저 "이렇게 잘 보전된 로마 도시를 일찍이 본 적이 없"어서다. 유럽문명의 진수를 터키에서 확인하는 이 아

장막을 걷어라, 창문을 열어라

이러니를 어떻게 설명해야 할까. 고대 7대 불가사의 가운데 하나라는 아르테미스 신전도 이곳에 있다. 지은이의 마음을 설레게 한 것은 아르테미스 신상. "날렵한 몸매에 인자한 표정, 긴 머리 장식과 상징적 조각이 주는 권위, 수많은 계란을 젖가슴에 매달아놓은 풍요의 약속, 아름다움과 신비함이 가득한 하얀 대리석 신의 모습은 오리엔트 신앙의 전형적인 메시지를 담고 있는 걸작 중의 걸작"이라는 것이 그의 관람평이다. 이 도시는 바울로의 전도 집회와도 인연이 있다. 서기 50년경 바울로가 이곳에서 전도해 개종자를 얻었지만 추방당했다. 그런데 훗날 초기 7대 교회가 이곳에 설립되었고, 삼위일체 사상을 기독교의 정통교의로 최종 확인한 공회가 열렸다. 혼잣말이 다시 터져 나온다. 역사나 문화는 본디 그러한 법!

터키 여행기 가운데 기억해야 할 만한 일화 하나. 지은이가 터키에서 사귄 현지친구들과 처음으로 해수욕장 갔을 때 이야기다. 책에서 침이 마르도록 칭찬한 해변이 있어 그곳으로 가보자고 졸랐단다. 그러니까 친구들이 복잡한 곳이라며 고개를 설레설레 내젓더란다. 그래도 고집을 부려 가보니 2킬로미터가 넘는 모래사장에 200명 정도의 사람들이 일광욕하거나 수영을 하고 있었다. 이 장면을 본 친구가 화를 버럭 냈다고 한다. 이유인즉슨, 복잡하니 오

여행자의 서재

지 말자 하지 않았느냐고. 폭염기 해운대에 모인 인파를 보여주는 텔레비전 화면에 익숙한 우리에게는 참으로 부럽기만 한 일이다.

이탈리아 기행 가운데는 단연 시칠리아가 돋보였다. 지은이는 말한다.

> 시칠리아는 이탈리아가 아니다. 로마보다 아프리카 대륙에 훨씬 가깝다는 거리의 문제만은 아니다. 시칠리아야말로 지중해의 땅이다. 유럽의 땅에 아랍의 피와 아시아의 정신이 녹아들고, 누구의 간섭과 지시도 거부하는 고집스러운 그들만의 문화가 살아있기 때문이다. 연민과 사랑, 공동체 정신과 저항의식, 시니컬한 웃음으로 가려버린 진정한 인간미. 시칠리아는 지중해의 독특한 문화적 특성이 만들어낸 귀한 자산이다.

그럴 만도 했다. 시칠리아는 한마디로 침략의 요람이었다. 기원전 8세기에는 그리스인들이 들어와 식민도시를 세웠다. 이곳에 그리스식 신전과 극장들이 남아 있는 이유다. 이후에는 로마가 차지해 한 주로 편입했다. 아랍이 세를 확장할 때는 그 파고에 휩쓸렸다. 이때가 가장 문화적으로 번영한 시기라고 한다. 동양과 아프리카의 문화가 들어와서다. 아랍의 문화를 이은 것은 노르만이었고,

장막을 걷어라, 창문을 열어라

이후에는 스페인과 오스트리아가 통치한 시기도 있었다. 곡절 많은 역사를 안고 살아와서일까. 시칠리아 사람들은 "인생은 고달프지만 동시에 즐길 만한 것이다"를 황금률로 삼고 있는 듯싶다.

이번에는 모로코의 탕헤르로 간다. "두 바다, 두 대륙, 두 문명이 만나는 곳"으로, 800년에 걸쳐 안달루시아 문명을 꽃피웠던 북아프리카 이슬람 문화의 진수를 확인할 수 있다. 이 문명의 특징은 복수와 억압이 아니라 용서와 화해다. 대표적인 사례가 유대인 묘역이다. 이슬람의 안달루시아가 멸망하고 이베리아 반도가 다시 기독교 세력에게 넘어가면서 사달이 났다. 중세 이슬람 문화와 유적지는 파괴당하고, 한 하느님의 자손이라 해 서로 공경하고 보호하던 유대인과 무슬림은 개종을 강요받거나 추방당하거나 학살당할 처지에 놓였다. 이때 구원의 손길을 내민 곳이 바로 모로코의 탕헤르였다. 1492년 수십만의 유대인이 탕헤르로 건너와 정착했다. 세계사에서 다른 것에 누가 더 개방적이고 관용적이며 포용력이 있었는가? 라는 질문을 진지하게 던져보아야 한다. 그래야 오늘을 제대로 이해하고 해석할 수 있다.

이 여행기에서 주목할 두 나라가 있다. 하나는 아프리카의 튀니지. 이곳을 둘러보며 지은이는 "지중해가 오랫동안 유럽 남부 바다와 동의어로 씌어졌지만, 튀니지를 보고나면 북아프리카 지중

여행자의 서재

지중해야말로 오래된 미래다.
거기서 벌어졌던 충돌과 교류의 역사에서
어떤 교훈을 얻어내는가에
따라 인류의 미래는 확연히 달라질 터다.

해가 얼마나 아름답고 역사적으로 깊은 사연을 안고 있는지 확연히 깨닫게 된다”고 말했다. 유럽 중심인 우리 역사 인식의 일대 전환을 요구하는 뼈있는 말이다. 다른 하나는 아시아의 레바논. 이나라의 베이루트는 “관용과 다양성의 통합으로 아랍과 서구가 서로의 공존과 조화를 배우고 실험하던 국제 도시였다”. 그러나 국제관계의 역학 탓에 소수의 기독교도와 다수의 무슬림이 무력충돌을 겪게 되면서 이곳은 황폐화해버렸다. 1975년부터 시작한 내전으로 1990년까지 50만 명의 사상자를 내고 120만 명이 난민이 되었다니, 한 시대의 비극이 아닐 수 없다.

지중해야말로 오래된 미래다. 거기서 벌어졌던 충돌과 교류의 역사에서 어떤 교훈을 얻어내는가에 따라 인류의 미래는 확연히 달라질 터다. 그러나, 현실은 암담하다. 몇 년 전 일어났던 노르웨이 테러가 특별히 이슬람권 이주자들에 대한 증오를 바탕으로 하고 있다는 사실은 충격이 아닐 수 없다. 다시 분열과 차별, 학대와 학살의 시대로 돌아가는 것일까. 그나마 “단 한사람이 이렇게 큰 증오를 만들어낼 수 있다면, 우리가 모두 함께 만들어낼 수 있는 사랑은 얼마나 클지 상상해보세요”라는 노르웨이 시민의 말에서 위안과 희망을 발견한다. 그 말에 지중해의 역사와 문화가 우리에게 들려주는 교훈이 고스란히 담겨 있다고 느껴서다.

책이나
영화 속
장소를
찾아가라

문명의 배꼽, 그리스 • 박경철 지음

한때 전작주의 독서법이 입에 오르내린 적이 있다. 일정한 기간에 한 작가의 작품을 통째로 읽어보는 방식이다. 그 작가의 작품에 달라붙어 미친듯이 읽어나가다 보면 보이는 것이 많을 수밖에 없다. 언어 구사의 방식부터 작가의 세계관이 어떻게 변화하는지 정밀하게 이해할 수 있다. 전집이 나와 있는 작가라면 도전하는 데 어려움이 없다. 그야말로 마음만 먹으면 된다. 그런데 호사가들이 좋아하는 전작주의 독서법은 아직 전집이 나오지 않은 작가를 대상으로 한다. 작가의 작품 연보를 짜고, 이미 절판된 책들을 발품 팔아 구하고, 개정판이 있으면 일일이 확보한다. 거의 마니아적인 집착을 보이는 독서법이다.

장막을 걷어라, 창문을 열어라

박경철이 쓴 그리스 기행문 《문명의 배꼽, 그리스》를 읽으며 전작주의 독서법이 떠올랐다. 지은이가 그리스로 여행을 떠나기로 마음먹은 데는 청년 시절 알게 된 니코스 카잔차키스의 영향이 컸다. 사람마다 일상을 떨쳐버리고 여행을 떠나는 나름의 이유가 있다. 그런데 특정한 작가의 작품을 읽고 크게 감동해 전작주의 독서를 하게 되고, 결국에는 그가 살던 나라에 여행을 가는 일은 흔하지 않다. 물론, 그 작가를 전공하는 사람이라면 가능하겠지만, 교양인 수준에서는 흔치 않다는 뜻이다. 이번 책이야말로 전작주의 독서의 가장 훌륭한 예가 아닌가 싶다. 지은이의 말을 직접 들어보자.

어느 날, 단골 책방의 서가를 둘러보던 그 청년은 《예수 다시 십자가에 못박히다》라는 책에 시선이 꽂혔습니다. 이름도 낯선 니코스 카잔차키스, 이 그리스 작가의 책을 산 청년은 콩닥거리는 가슴을 진정시키며 단숨에 읽어버립니다. 작은 불씨가 큰 산을 태우듯, 책을 읽어가면서 그의 가슴에는 점점 감당할 수 없을 만큼 큰 불이 일었습니다. 마침내 그 뜨거운 불길이 그의 인생을 완전히 바꾸어 버렸습니다.

벌써 20년이 훌쩍 넘은 이야기입니다. 그 불도장 같은 강렬함은

사람마다 일상을 떨쳐버리고
여행을 떠나는 나름의 이유가 있다.
그런데 특정한 작가의 작품을 읽고
크게 감동해 전작주의 독서를 하게 되고,
결국에는 그가 살던
나라에 여행을 가는 일은 흔하지 않다.

지금까지도 생생합니다. 아니 갈수록 더욱 강렬해지면서 지천명의 나이가 되기 전에 니코스 카잔차키스의 나라 그리스를 속속들이 들여다보게끔 이끌었습니다. 따라서 이 책은 이십대의 청년이 가슴에 새긴 꿈을 나이 오십을 앞두고 실현한 긴 여행의 기록입니다.

이 책은 카잔차키스 때문에 떠난 여행이면서 바로 그 작가와 함께 떠난 여행의 기록이다. 추측해보자면 이렇다. 지은이는 청년 시절 카잔차키스를 읽고 감동받아 그의 작품이 나오는 족족 읽어제쳤다. 다행히 고려원에서 그의 작품이 지속해서 나왔으므로 주로 그 판본으로 보았을 터이다. 그러면서 그리스로 여행을 떠나겠다고 마음먹은 적이 있었고, 기회가 오자 여행을 계획하며 열린책들에서 나온 전집을 다시 보며 인용할 구절들을 정리했으리라. 그리고 여행기를 쓰면서 적절한 대목에 카잔차키스의 말을 삽입했다. 예를 들자면 이렇다.

지은이는 코린토스의 "거의 유일한" 그리스 유적인 아폴로 신전을 찾아간다. 이 유적을 찾아간 사람들이 흔히 말하듯 건축이나 미적 가치로는 새삼스러울 바 없지만, 경관과 조화를 이루는 부분에서는 "실로 경탄을 금할 수 없는 곳 중 하나"라 평한다. 그러면서 백과사전식 정보와 지은이가 현지에서 느낀 바를 말한 다음, 《영혼의 자서전》의 한 대목을 인용한다.

그가 말했다.

아폴론은 세상의 조화와 아름다움을 꿈꾸고, 초연한 형태로 그것들을 이해한다네. 개체성으로 몸을 숨기며 그는 현상들의 광포한 바다 한가운데 꼼짝하지 않고 조용히 자신있게 서서, 꿈속에서 열망했던 큰 놀음을 즐기는 것이지. 그래서 나는 이곳에 올 때마다, 나 자신이 이룩한 제신들의 신비주의적 계보에서 현재를 가장 단순하고 가장 통렬하게 표현할 길을 찾곤 한다네.

이 책을 읽다보면 모든 글은 노골적인 인용과 은밀한 표절의 결과이구나 싶다. 여행지에서 느낀 바를 이야기할 때 지은이는 카잔차키스의 글을 인용한다. 그렇지만 유적지에 얽힌 역사를 장황하게 설명할 때는 특별히 출전을 밝히지 않는 대목이 많다. 결국 글을 쓰는 사람은 남의 글을 탐욕스럽게 읽은 사람들이라는 뜻이 아닐까. 하긴, 벤야민은 남의 글만 인용해 글을 쓰고 싶다는 말을 했으니, 새삼스러울 바도 없는 듯하다.

지은이가 이 여행기를 열 권까지 쓰겠다고 기염을 토한 것을 보니, 아마도 시오노 나나미의《로마인 이야기》를 염두에 둔 듯싶다.

장막을 걷어라, 창문을 열어라

기행문의 형식을 빌려 그리스의 역사와 문화, 그리고 예술을 교양 수준에서 말해보겠다는 의지다. 이 계획을 실현하기 위해 지은이는 공간을 중심으로 이야기를 풀어나가는 방식을 택했다. 한 공간은 마치 지층과 같다. 각기 다른 역사가 켜켜이 쌓여 있으니 말이다. 그곳에 가면 서로 다른 역사의 흔적이 남아있다. 더욱이 찾아간 곳이 그리스이지 않던가. 유적을 중심으로 신화와 역사, 그리고 예술을 한꺼번에 말하기 안성맞춤인 곳이다. 물론, 그러다보니 그리스에 대한 통사적 지식이 없는 이들에게는 헷갈리는 대목도 있고, 여행기에 어울리지 않게 너무 사전적인 지식이 튀어나오는 대목도 있는 것은 흠이다. 필력 좋기로 소문난 박경철이라 이 정도라도 해냈구나, 하고 여기면 될 성싶다.

여행기를 빙자한 그리스 문명사를 계획했다면, 더욱이 시오노 나나미를 의식한 '혐의'마저 있다면, 지은이가 이 책을 관통하는 주제 의식을 설정하지 않았을 리 없다. 이를 한마디로 정리하면 '왜 하필 그리스였을까'가 된다.

그리스 이전의 서구는 야만의 땅이자 야만의 시간이었다. 그런데 이 정지해버린 야만의 땅에 갑자기 한줄기 번개가 들이치고 문명의 불꽃이 점화되었던 것이다. 처음 이곳 그리스로 떠나올 때부

여행자의 서재

터 가졌던 가장 본질적인 질문 가운데 하나가 다시금 떠올랐다. 왜 하필 그리스였을까?

남북으로 뻗고 동서로 가로지르는 산맥으로 경계 지어진 200여 곳의 폴리스가 허구한 날 피 튀기는 전쟁을 벌이다가, 서로 빼앗을 것이 떨어지면 떼 지어 바다로 나아가 해적질이나 일삼던 땅에 새로운 문명이 태어난 이유는 과연 무엇이었을까? 문명의 조건이 비옥한 대지에 넘치는 인구와 풍요같은 것들이라면 그리스는 정확히 그 반대의 땅이다. 여름 내내 비 한 방울도 구경하기 어렵고, 허기와 갈증으로 쩍쩍 갈라지는 땅, 전체 강수의 99퍼센트가 불과 한두 달 사이에 쏟아지며 애써 개간한 밭들을 휩쓸어 가버리는 저주받은 땅, 오직 살갗을 태울 듯이 작열하는 태양 그리고 해류와 폭풍이 수시로 변덕을 부리는 바다만을 가진 땅. 이곳에서 찬란한 서구문명이 일어섰다니 어떻게 그런 일이 가능했을까?

장막을 걷어라, 창문을 열어라

이 대목을 읽으며 나는 지은이의 도전이 일정한 성과를 보였으면 싶었다. 우리 사회에《로마인 이야기》가 너무 비판 없이 수용된 데에 대한 거부감 때문이다. 그 책은 한마디로 왜 로마는 제국으로 성장했으나, 일본은 그러하지 못했느냐는 문제의식으로 쓰였다. 로마 역사를 바라보는 시오노 나나미의 시각은 다분히 제국주의적인 면이 있다. 이런 점을 의식하며 읽어야 하는데, 전혀 그러지 못한 점은 큰 문제다. 왜 제국이 되지 않았느냐가 아니고, 왜 문명이 발생했느냐고 묻는 것은 차원이 다르다. 물론 그리스 역사를 톺아보다 보면, 정치체제와 국가 간의 전쟁을 말하지 않을 수 없을 터이다. 하나, 문명의 발생을 기본으로 한다면, 아무래도 신화와 철학, 그리고 예술을 중심으로 말해내가지 않을 수 없다. 말하자면, 그리스 이야기가《로마인 이야기》에 대한 해독제가 된다면, 말 그대로 균형 잡힌 독서로 이끌지 않겠는가, 하고 기대한다는 말이다.

《문명의 배꼽, 그리스》는 펠로폰네소스 반도가 배경이다. 코린토스와 스파르타를 톺아보고 있다. 여행기로서 가장 인상적인 부분은 마사토니시 섬에 있다는, 헬레네와 파리스가 떠날 배를 묶어놓았다는 쇠막대다. 정말, 그때 쓰였던 쇠막대일까 싶어 웃음이 절로 난데다 신화가 역사가 된 장면의 한 상징이라 싶었다. 교양수준의 문명사로서 공감하며 읽은 부분은 자신의 역사를 증언할 그 무엇도 남아 있지 않은 스파르타에 대한 지은이의 해석이었다. "진중했으나 획일성이라는 척박한 토양을 취했기에 문명의 씨앗이 잉태될 수 없었다"는 말은 오랫동안 곱씹어볼만하다.

장막을 걷어라, 창문을 열어라

히로시마 노트 • 오에 겐자부로 지음

시케토 후미오는 히로시마적십자병원과 원폭병원 원장을 겸직한다. 그는 1945년 원폭 투하 일주일 전에 히로시마로 부임했다. 운명의 그날 아침, 출근하려고 전철을 기다리다 피폭하여 가벼운 상처를 입었다. 엄살을 떨고 있을 수가 없었다. 병원 앞 광장에 시체가 수천 구나 쌓였다. 매일 병원 뜰에서 시신을 소각했다. 부상당한 의사와 간호사를 이끌고 환자들을 돌보았다. 과묵한 농민의 풍모를 띤 그는, 병원이 심각한 피해를 당했음에도 초인적으로 진료했다. 도대체 무슨 일 때문에 이런 엄청난 일이 벌어졌는지 알고 싶었다. 짬을 내 폭탄이 투하된 지점을 찾아가 불탄 돌과 기왓장 등을 가져왔다. 젊은 시절 방사능과 인연을 맺은 적이 있었다. 그게 원인 규명에 결정적인 힘이 될 줄 몰랐다. 폐쇄된 지하실에 있던 뢴트겐 필름의 감광을 발견했다. 그는 그날 떨어진 폭탄의 정체가 무엇인지 눈치채게 되었다.

그는 히로시마를 떠나지 않았다. 남아서 원폭증 환자를 진료했다. 처음에는 2, 3년이면 증상이 사라질 줄 알았다. 그럴 수밖에 없었다. 인류사에서 처음으로 겪은 대재앙이었다. 어떤 일이 일어날지 종잡을 수 없었다. 그러다 백혈병의 원인이라는 사실을 밝혀냈다. 둘 사이의 연관성을 밝히는 데만 7년이 걸렸다. 이 사람을 두고 오에 겐자부로는 "너무나 인간다운 위엄을 가지고 오늘도 인간 몸속에 존재하는 원폭과 싸우고 있는, 그야말로 히로시마의 독자적인 인간, 히로시마적인 인간이다"고 평했다.

미야모토 다다오는 한여름 햇빛이 강하게 내리쬐는 원폭병원 앞에서 원·수폭 금지 세계 대회에 참여한 사람들을 환영하는 짧은 인사말을 했다. 옆에 있는 소녀보다 키가 작고 왜소했던 그는 모기의 날갯짓 같은 목소리로 "제9회 세계 대회의 성공을 믿습니다"라고 말했다. 그러고는 현관문으로 들어갔다. 외부인의 눈길이 미치지 않는 곳에 이르자 그는 쓰러졌다. 한동안 병상에 누워 지냈고 마침내 전신쇠약증으로 죽었다. 성공을 기원하는 한마디 말을 하기 위해 목숨을 걸었던 셈이다. 오에 겐자부로는 "그 간절함

장막을 걷어라, 창문을 열어라

의 보상으로 그는 자신의 의지를 이야기하고, 의지를 밝힌 인간의 위엄과 만족감을 지닌 채 물러났다"고 회고했다.

피폭자인 어린 산모가 기형아를 낳았다. 각오하고 있었던지라 충격을 견뎌낼 수 있었다. 간절한 마음으로 아이를 한번 보고 싶다고 했지만 의사가 거절했다. 상황이 얼마나 나빴는지 짐작할 만하다. 남편이 대신 보러 갔을 적에 아이는 이미 '처리'되었다. 사실을 알게 된 산모는 아이 얼굴을 보았더라면 "차라리 용기가 났을 텐데"라며 탄식했다. 병원의 대응을 탓할 수는 없다. 보아야 하지 않을 것은 안 보는 게 낫다. 그런데 사산한 기형아일지라도 거기에 매달려 용기를 회복하려 했던 산모를 어찌 보아야 하는가. 오에 겐자부로는 말한다. "그것은 통속적인 휴머니즘을 넘어선 새로운 휴머니즘, 바로 히로시마의 비참함 속에서 피어난 강인한 휴머니즘"이라고.

한 노인은 흐루시초프가 핵실험 재개 성명을 내자 항의하는 차원에서 원폭 위령비 앞에서 할복자살을 시도했으나 실패했다. 그러자 목을 그으려 했지만 원폭증을 앓는 노인의 체력으로는 심한 손상을 입힐 수 없었다. 할복할 적에 노인은 미국과 소련 대사관 등에 항의서 아홉 통을 보냈지만 모두 무시당했다. 노인은 병상에 누워 줄곧 "결국 살아서 치욕을 당했다"는 말을 되뇌었다. 오에 겐자부로는 "비참한 만년에 비로소 쟁취한 인간의 위엄에 바로 삶의 의미가 존재해 있다"고 말했다.

청년은 네 살 때 피폭됐다. 살아남았지만 10대 후반 백혈병이 발발했다. 그에게 주어진 시간은 2년. 그는 병상에 누워 있기를 거부했다. 병을 속이고 인쇄소에 취직했다. 인간다운 생활을 하는 사회적 존재이기를 바랐다. 직장 생활을 잘해냈다. 악기점에 근무하는 아가씨와 연애했고 약혼까지 했다. 하지만 2년의 유예기간이 다하자 그는 고통 끝에 사망했다. 청년이 죽고 나서 일주일 지나 약혼녀가 병원에 찾아왔다. 청년을 헌신적으로 돌본 의사와 간호사에게 두루 감사하다는 인사를 했다. 그런데 이튿날 아침, 그녀는 수면제를 먹고 자살한 채 발견되었다. 이 비극적인 로맨스에 대해 오에 겐자부로는 다음처럼 말했다.

그녀는 가치 하나를 뒤집었다. 국가라는 것의 더러운 기만, 그 희생이 된 약자의 입장에서 국가의 기만과 살아남은 인간 모두의 기

장막을 걷어라, 창문을 열어라

만에 대해 치명적인 반격을 가했다. 그러고는 연인과 함께 침묵한 채로 자신들의 독자적인 위엄으로 꾸며진 죽음의 나라로 떠나갔다. 타인을 용서하지 않는 고독하고 엄격한 죽음의 나라 (…) 결코 기만적인 국가와 산 자들을 용인하지 않겠다는 단호한 각오로 무장하고 있었다.

오에 겐자부로의 여행기이자 르포인 《히로시마 노트》의 열쇳말은 위엄이다. 유사 이래 최초로 원폭 피해를 입은 히로시마 시민들이 비극적인 운명과 어떻게 맞서고 있는가를 살펴보고 내린 결론이다. 실제로 읽다보면, 카뮈의 《페스트》를 연상하게 하는 장엄한 인간 승리를 곳곳에서 확인하게 된다. 본디 히로시마를 상징하는 열쇳말은 비참함, 수치, 굴욕, 비열함 따위다. 특히 이런 상황은 오로지 피해 때문만이 아니라 원폭을 투하한 다음 세계의 관심이 원폭의 위력에 초점을 맞추고, 인간적 비참함에는 관심을 기울이지 않은데서 비롯한 면이 있다. 그런데 그들은 자신의 운명에 굴복하지 않았다. 오히려 "자신이 겪은 원폭의 비참함을 오히려 활용하고, 자신들이 느끼는 수치심과 굴욕 그 자체에 무기로서의 가치를 부여"하고 있었다. 이러니, 오에 겐자부로가 자주 위엄이라는 말을 반복할 수밖에.

여행자의 서재

원폭이 미친 엄청난 피해를 찬찬히 살피며,
핵발전소 없이 살 수 있는 세상을 꿈꾸어야 한다.

　이 책을 읽고 오에 겐자부로가 일본의 원폭 피해만 지나치게 강조하고, 그 원인이었던 제국주의에 대한 반성은 없다고 비판하지는 말자. 이 책은 그가 1961년부터 1963년까지 히로시마를 방문하고 쓴 글이다. 이후 그는 우리가 알고 있는 대로 상황을 복합적으로 이해했고, 일본이 아시아 민중에 끼친 죄악에 대해서도 크게 관심을 기울였다.

　원폭 피해에 예민한 반응을 보이는 것은 우리 삶의 미래와 깊은 관련성을 맺고 있다 할 수 있다. 우리는 핵발전에 대한 의존을 줄여야 한다는 시민적 합의를 이끌어내지 못하고 있다. 후쿠시마 사태에서도 확인할 수 있듯, 핵발전소는 결코 안전한 전력 생산 방식이 아니다. 더 큰 시련을 당하고 나서야 비로소 고치려 하면 너무 어리석은 짓이다. 원폭이 미친 엄청난 피해를 찬찬히 살피며, 핵발전소 없이 살 수 있는 세상을 꿈꾸어야 한다. 당연히 거기에는 절제와 희생이 따를 터이다. 하나, 그것이 얼마나 가치 있는 행동인지를《히로시마 노트》는 생생하면서도 끔찍하게 확인해준다.

나 자신을
신뢰하라

행복한 라디오 • 리사 나폴리 지음

어릴 적 들으면서 격하게 공감했던 노래가 있다. 한대수의 '행복의 나라'로. 어린 나이에 감당하기 힘겹고 어려운 운명을 이고 있다 생각해서였을까, 그 나이에 좋아하기에는 적절하지 않은 노래였다. 그럼에도 "나는 행복의 나라로 갈 테야"라는 노랫말을 따라 부르며 잠시 삶의 그늘을 걷어내곤 했다. 물론, 어느 순간 라디오에서 더는 이 노래가 나오지 않았고, 그 사실을 깨달았을 때는 행복의 나라에 절대 갈 수 없으리라는 비관에 젖어 있었지만 말이다.

누구나 지금, 이곳의 삶을 지겨워하고 힘들어하기 마련이다. 저쪽 어딘가로 가면 행복한 곳이 있으리라 믿고 그곳을 희구한다. 아무리 이성적인 사람이더라도 이런 상황에 놓이면 뚜렷한 이분

장막을 걷어라, 창문을 열어라

법적 사고를 하게 마련이다. 한쪽은 영 글러먹었고, 다른 쪽은 이상향이 되어버린다. 하긴, 그래야 숨통이 트이는지도 모른다. 비록 자빠져 있더라도 눈을 들어 지평선 너머를 바라보아야 다시 일어설 힘이 솟아오르는 법이니 말이다. 이쪽의 삶을 누추하고 비루하게 만들더라도 굳이 그곳을 황금빛 세상으로 만드는 데 인색할 이유가 없다. 주변에서 수군거리는 소리를 듣자 하니, 이즈음에는 부탄이 그런 모양이다. 다들 그곳에 가고 싶어 한다. 거기서 위로받고 치료받으려 한다.

비록 가보지 않았으나, 그럴만하다 싶다. 보석은 숨어 있어야 더 값져 보이게 마련이다. 부탄이라는 나라가 그렇다. 잘 보이지 않는다. 널리 알려지지 않았다. 그런데 히말라야 산맥에 나라가 얹혀 있다. 사진으로 보는 풍광일지라도 장엄하고 신비하고 아름답고 이색적이다. 거기다 지극히 계몽 군주의 면모를 띤 그 나라의 왕은 행복지수라는 말을 써가며 부탄을 다른 가치가 지배하는 나라로 치장한다. 이러니 안달 안 할 수가 없다. 당장 짐을 챙겨 떠나고 싶게 한다.《행복한 라디오》의 리사 나폴리도 그러했다.

부탄의 국왕은 화폐가치의 복잡한 행렬로 이루어진 국민총생산을 대신하여 한 국가의 척도를 나타낼 수 있는 새로운 기준을 만들어냈다. 그는 여기에 국민총행복이라는 이름을 붙였다. 어떤 의미로든 국민의 희생을 대가로 하는 경제발전은 진정할 발전이 아니라는 것이 그의 철학이었다. 부탄의 전통과 환경을 위협하는 세력은 신중히 경계해야 할 대상이며 도입할 가치가 없었다. 국왕은 상품과 현금을 생산해내는 것보다, 상승하는 그래프를 만들기 위해 무분별한 성장을 추구하는 것보다, 국민의 행복이 먼저 고려되어야 한다고 생각했다. 경제적이고 물질적인 성공보다 삶의 질이 우선되어야 한다는 것이다. 남을 함부로 짓밟고 올라서서 성공을 도모하는 삶보다는 다른 인간을 향한 연민과 협력을 근본적인 미덕으로 삼는 삶이 필요하며, 이것이 국민총행복이 추구하는 가치였다.

이 정도에 유혹되지 않을 사람이 어디 있겠는가. 다람쥐 쳇바퀴 돌듯 일상을 사는지라 권태에 빠진 사람이라면, 돈의 가치가 모든 것 위에 군림하는 현실에 진력이 난 사람이라면, 그저 쉬면서 삶을 재충전하고 싶은 사람이라면 가고 싶을 터이다. 나폴리도 마찬가지였다. CNN이 지금 같지 않던 초창기 시절, 한 지국에 발령받아 죽자고 일하며 살았다. 젊은이들끼리 새로운 매체를 키워간다는 재미로 시간 가는 줄 모르고 일했다. 두루 잘 될 줄 알았다. 그

장막을 걷어라, 창문을 열어라

런데 불행이 엄습했다. 강간을 당하고 말았다. 겨우 이겨냈다 싶어 결혼했지만, 남편 직장이 상처받았던 곳으로 정해지면서 탈이 났다. 결국 트라우마를 이겨내지 못했던 셈이다. 이혼하고 더 일에 매달렸지만 마음은 늘 공허했다. 일종의 긍정심리학이 진행하는 행복학교에 나가 위로받고 격려받았다. 아마, 현실에 익사하지 않을 동아줄을 간절히 원했으리라. 그러지 않고서야 감사해야 할 세 가지 일을 적으며 행복해하기는 어렵지 않겠는가. 그렇다고 만성피로에 심한 우울증을 앓는 여성을 떠올리면 안 된다. 비록 "마흔 번째 생일을 맞이할 때까지 삶의 고비마다 후회와 회한에 시달리면서 정신없이 쫓기듯 달려왔다. '이렇게 했더라면 좋았을 텐데…' '이렇게 했더라면 어떻게 되었을까?' 하는 말을 후렴구처럼 반복하며 뒷북치는 어리석은 삶을 살았"더라도 "주변 사람들에게 많은 사랑과 지지를 받았으며, 사랑하는 친구들과 친밀하고 풍성한 관계를 이어왔다. 나는 인생의 승리자였고 행운아였다" 자부할만

했다.

그러다 우연한 일을 겪으며 부탄에 관심을 기울이게 되었다. 로스앤젤레스에서 라디오 리포터로 일하다 한 파티 장에서 운명적인 사랑을 꿈꾸게 하는 남자를 만났는데, 그이가 부탄으로 여행을 간다 말했다. 알고 보니 차 사업을 하는 사람인데, 한참 전에는 부탄에서 여행 가이드를 했던 듯싶다. 메일을 주고받다 부탄의 라디오 방송국에 와서 일을 도와줄 수 있겠느냐는 제안을 받았다. 이구동성으로 지구에 남은 마지막 '샹그릴라'라고 추켜세우는 곳에 아니 갈 수 있겠는가. 더욱이 직장에서 6주간의 휴가도 주었다. 흥분과 설렘 속에서 삶의 새로운 지평이 열리리라 잔뜩 기대하며 부탄으로 떠났다.

그이가 부탄에서 일한 곳은 쿠주 FM. 종카어로 '안녕하세요'를 의미하는 '쿠주 잠포'라는 말에서 따온 이름이었다. 이 방송국이 생긴 이력도 흥미롭다. 부탄의 5대 국왕이 황태자였을 때 일이다. 일군의 젊은이들이 라디오 방송국을 세우기 위해 황태자한테 지원을 요청했다. 이에 황태자는 선물로 받은 BMW 자동차를 경매해 얻은 돈을 기부했던 바, 이 돈으로 방송국을 세웠단다. 정말, 이 나라는 국왕을 빼놓고는 말이 되지 않는 곳이다. 그런데 부탄의 방송국에 왜 미국인이 필요했을까? 책을 읽어나가다 보면, 이 나

장막을 걷어라, 창문을 열어라

라의 미래를 의심해볼만한 이야기가 쏟아져 나온다. 주로 음악 방송을 하는데, 대체로 팝을 내보내고, 그러다 보니 DJ들의 영어 발음을 바로 잡아줄 사람이 필요했다. 물론 방송 진행이나 프로그램 기획을 하는데도 '선진' 문명권에서 온 사람의 도움이 요구되었다. 낭만적이고 이상적이기보다는 어딘가 잔뜩 속물 냄새가 나지 않는가?

바깥사람들은 독실한 불교국가로 물질문명과 거리를 둔 고고한 은둔의 나라로 부탄을 생각한다. 하지만 부탄의 속살을 들여다보면, 그 기대는 한낱 망상이었음을 금세 확인하게 된다. 서구인이 덧씌운 동양이라는 이미지라는 뜻의 '오리엔탈리즘'이 딱 맞아 떨어진다. 부탄은 뭇 사람이 바라는 대로 고여 있지 않았다. 급격한 변화의 물살을 타고 있었다. 도시화, 근대화하고 있었다. 본래적이고 전통적이고 정신적인 것보다 서구적이고 물질적이고 대중문화적인 것에 환호하고 있었다. 가서 위안을 받기보다는 그 변화의 결과를 염려해야 할 곳이 되어버렸다. 그렇다면, 이 여행기는 실망과 회한으로 점철되어있을까? 그렇지는 않다. 그런 면이 있음에도 여전히 부탄만의 매력이 있고, 거기에서 큰 격려와 깨달음을 얻었다. 그이가 부탄을 바라보는 시각은 상당히 균형이 잡혀 있다.

내가 부탄과 사랑에 빠지게 된 것은 부탄 사람들의 독특한 매력 때문이었다. 부탄 사람들에게는 순수하면서도 풍자적인 유머 감각이 있었고, 자기 나라의 역사와 국왕에 대해 강한 자부심도 있었다. 사람들의 일상 속에는 불교가 깊이 배어 모든 면에서 큰 영향을 미쳤다. (…) 부탄 사람들은 서로가 하나라는 공동체 의식으로 연결되어 있었다. 내가 대학 캠퍼스에서 경험했던 순수한 동지애 같은 것이었다. 부탄에서 만났던 외국인들 역시 나에게 많은 감동과 영향을 주었다. 그들 대부분은 틀에 박힌 안락한 삶을 벗어나 새로운 모험을 추구하는 열정적인 사람들이었다. (…) 가이드와 동행하는 여행이라면 부탄은 약속된 낙원으로 부를 만한 관광지일 것이다. 훼손되지 않은 자연과 아름다운 풍광은 동화 속의 비현실적인 나라처럼 보일 수도 있다. 그러나 현실의 부탄은 가난하고 거친 나라다. 좋은 것과 나쁜 것, 신기한 것과 신비한 것이 모두 어우러져서 부탄을 매혹적인 나라로 만드는 것이다.

때가 되어 다시 미국으로 돌아가야만 했다. 부탄으로 가게 된 결정적인 계기가 미디어에 대한 '멀미'였다. 진정성은 사라지고, 기능성만 강조되는 미디어 현장에서 한발 뗀다는 것만으로도 행복했다. 과도한 소비 중심의 생활을 일시 중단하게 된다는 것도 의미

장막을 걷어라, 창문을 열어라

정말, 지금-이곳 아닌 곳에 행복한 나라는 있을까?
지겹게 들어온대로 유토피아라는 말이
현실에 없는 곳이라는 뜻이라면, 다른 곳에서
그것을 찾으려 하지 말고,
지금 이곳에 행복한 나라를 세워야 하지 않을까.

있는 일이었다. 그런데, 현실로 돌아와야 했다. 미디어에 멀미하면서도 다시 일해야 했고, 일상에서 소비 중심의 삶을 살 수 밖에 없었다. 발 딛고 있는 곳이 어디냐가 이토록 중요할지 몰랐다. 얼마나 떠나고 싶었던지 "아파트 창문 밖으로 펼쳐진 샌 가브리엘 산맥을 보며 눈 덮인 히말라야 산맥이 보고 싶었다." 바람이 극진해서였을까, 기회가 왔다. 부탄 무역부 초청으로 다시 방문하게 되었다. 나중에 한 번 더 가니, 이 부탄 기행문은 2007년 처음으로 부탄에 발 디딘 후 1년 반 사이에 무려 세 번이나 부탄을 다녀온 다음에 쓴 책이 된다. 주마간산 격의 기행문과는 깊이가 다른 이유다.

두 번째 방문을 마치고 돌아왔을 때 쿠주 FM의 DJ이고, 그이가 부탄에 있을 적에 안내자 역할을 한 나왕이 미국을 찾아왔다. 예상했으나 설마 했던 일이 벌어졌다. 나왕의 아메리카 드림이 드러났다. 불법으로라도 미국에 남길 소망했다. 이쪽은 저쪽이 이상향인데, 저쪽은 이쪽이 무릉도원이라는 이 역설! 부탄의 젊은 여성이 미국에서 경리를 하며 풍족한 물질적 삶을 누리고 싶다고 안달이었다. 우여곡절 끝에 나왕은 부탄으로 돌아갔고, 미국에서 만난 부탄 남자와 결혼해 아이를 낳았다. 그 아이의 대모가 되었지만, 혹시 나중에 책임져 달라 할까 두려워하는 마음도 솔직히 기록해놓았다. 그리고 부탄을 깊이 알게 되면서 잘 안 알려진 추악한 면모도 확인했다. 미혼모 아이들에 대한 차별, 그리고 네팔 계 부탄 인들을 대상으로 벌어졌던 학살 사건은 그야말로 충격이 아닐 수 없다.

정말, 지금-이곳 아닌 곳에 행복한 나라는 있을까? 지겹게 들어온대로 유토피아라는 말이 현실에 없는 곳이라는 뜻이라면, 다른 곳에서 그것을 찾으려 하지 말고, 지금 이곳에 행복한 나라를 세워야 하지 않을까. 이제 나이 들어 생각해보니, 한대수 노래는 도피성이 강했다 싶다. 행복의 나라로 가서는 안 된다. 그곳은 한낱 신기루일 뿐이니. 가고자 하는 열망으로 행복한 나라를 내가 발딛고 있는 곳에 세워야 하는 법이다. 하긴, 가봐야 비로소 알기 마련인지라 가는 것 자체를 탓해서는 안 될 일인지도 모른다. 가보아라, 그리고 다시 돌아와 세워라! 그런 의미에서 지금 이곳에서 실현가능한 유토피아라는 뜻으로 월러스틴이 내세운 '유토피스틱스'라는 개념이 확 다가온다. 꿈을 꾸되, 그것을 이곳에 실재화하기! 나폴리도 내 생각에 동의할 듯싶다. 이 못 말리는 긍정심리학의 신도가 말했다. "내가 행복할 수 있는 것은 앞으로 어떤 일이 닥쳐오더라도 스스로 모든 것을 해결할 수 있다는, 나 자신에 대한 신뢰가 생겼기 때문"이라고. 부탄이 행복의 진원지는 아니었던 셈이다.

무릇 나를 구원하는 이는 바깥에 있지 않고 내 안에 있는 법이다. 개인이 그렇듯 공동체도 마찬가지다. 다시, 마음에 새겨두자. 행복의 나라는, 그곳으로 가는 것이 아니라, 여기에 세우는 것이라는 점을.